毕淑敏
散文
精选

阅读，与最好的自己相遇

毕淑敏
Bi
Shumin
著

为青少年读者
量身打造的经典读本

长江出版传媒 | 崇文书局

图书在版编目（CIP）数据

毕淑敏散文精选：青少版 / 毕淑敏著. -- 武汉：
崇文书局，2022.9
　ISBN 978-7-5403-6690-2

　Ⅰ. ①毕… Ⅱ. ①毕… Ⅲ. ①散文集－中国－当代
Ⅳ. ① I267

中国版本图书馆 CIP 数据核字（2022）第 087306 号

责任编辑：高　娟
责任校对：董　颖
责任印制：李佳超

毕淑敏散文精选：青少版
Bi Shumin Sanwen Jingxuan：Qingshaoban

出版发行 长江出版传媒｜崇文书局
地　　址：武汉市雄楚大街 268 号 C 座 11 层
电　　话：(027)87677133　邮政编码　430070
印　　刷：中印南方印刷有限公司
开　　本：640mm×900mm　1/16
印　　张：13
字　　数：120 千字
版　　次：2022 年 9 月第 1 版
印　　次：2022 年 9 月第 1 次印刷
定　　价：32.00 元
（如发现印装质量问题，影响阅读，由本社负责调换）

爱的回音壁

爱是一面辽阔光滑的回音壁，

微小的爱意反复回响着，折射着，

变成巨大的轰鸣。

当付出的爱被隆重地接受并珍藏时，

孩子终于强烈地感觉到了被爱的尊贵与神圣。

教你生病

儿子比我高了。

一天，我看他打蔫，就习惯地摸摸他的头。他猛地一偏脑袋，表示不喜欢被爱抚。但我已在这一瞬的触摸中，知道他在发烧。

"你病了。"我说。"噢，这感觉就是病了。我还以为我是睡觉少了呢。妈妈，我该吃点什么药？"他问。

孩子一向很少患病，居然连得病的滋味都忘了。我刚想到家里专储药品的柜里找体温表，突然怔住。因为我当过许多年的医生，孩子有病，一般都是自己在家就治了。他几乎没有去过医院。

"你都这么大了，你得学会生病。"我说。"生病还得学吗？我这不是已经病了吗？"他大吃一惊。"我的意思是你必须学会生病以后怎么办。"我说。

"我早就知道生病以后该怎么办。找你。"他成竹在胸。"假如我不在呢？""那我就打电话找你。""假如……你终于找不到我呢？""那我就……就找我爸。"

也许这样逼问一个生病的孩子是一种残忍。但我知道总有一天他必须独立面对疾病。既然我是母亲，就应该及早教会他生病。

"假如你最终也找不到你爸呢？""那我就忍着。你们早晚反正会回家。"儿子说。"有些病是不能忍的，早一分钟是一分钟。得了病以后最应该做的事是上医院。""妈妈，你的意思是让我今天独自去医院看病？"他说。虽然在病中，孩子依然聪敏。"正是。"我咬着牙说，生怕自己会改变主意。"那好吧……"他扶着脑门说，不知是虚弱还是思考。"你到外面去'打的'，然后到××医院。先挂号，记住，要买一个本……"我说。"什么本？"他不解。"就是病历本。然后到内科，先到分号台，护士让你到几号诊室你就到几号，坐在门口等。查体温的时候不要把人家的体温表打碎。叫你化验你就到化验室去，要先划价，后交费。等化验结果的时候，要竖起耳朵，不要叫到了你的名字没听清……"我喋喋不休地指教着。"妈妈，你不要说了。"儿子沙哑着嗓子说。

我的心立刻软了。是啊，孩子毕竟是孩子，而且是病中的孩子。我拉起他滚烫的手说："妈妈这就领着你上医院。"他挣开来，说："我不是那个意思，我是说我要去找一支笔，把你说的这个过程记下来，我好照着办。"

儿子摇摇晃晃地走了。从他刚出门的那一分钟起，我就开始后悔。我想我一定是世上最狠心的母亲，在孩子有病的时候，不但不帮助他，还给他雪上加霜。我就是想锻炼他，也该领着他一道去，一路上指指点点，让他先有个印象，以后再按图索骥。虽说很可能留不下记忆的痕迹，但来日方长，又何必在意这病中的分分秒秒。

时间艰涩地流动着，像沙漏坠入我忐忑不安的心房。两个小时过去了，儿子还没有回来。我虽然知道医院是一个缓慢的地方，心还是疼痛地收缩成一团。

虽然我几乎可以毫无疑义地判定儿子患的只是普通的感冒，如果寻找什么适宜做看病锻炼的病种，这是最好的选择，但我还是深深地谴责自己。假如事情重来一遍，我再也不会教他独自去看病。万一他以后遇到独自生病的时候，一切再说吧。我只要这一刻他在我身边！

终于，走廊上响起了熟悉的脚步，只是较平日有些拖沓。我开了门，倚在门上。

"我已经学会了看病。打了退烧针，现在我已经好多了。这真是件挺麻烦的事。不过，也没有什么。"儿子骄傲地宣布。又补充说："你让我记的那张纸，有的地方顺序不对。"

我看着他，勇气又渐渐回到心里。我知道自己将要不断地磨炼他，在这个过程中，也磨炼自己。

孩子，不要埋怨我在你生病时的冷漠。总有一天，你要离我远去，独自面对包括生病在内的许多苦难。我预先能帮助你的，就是向你口授一张路线图。它也许不那么准确，但聊胜于无。

带白蘑菇回家

妈妈爱吃蘑菇。

到青海出差，在幽蓝的天穹与黛绿的草原之间，见到点点闪烁的白星。

那不是星星，是草原上的白蘑菇。

路旁有三三两两的藏胞，坐在五颜六色的口袋中间，仰着褐色的面庞，向经过的汽车微笑。袋子口，颤巍巍地露出花蕾般的白蘑菇。

从鸟岛返回的途中，我买了一袋白蘑菇，预备两天后坐火车带回北京。

回到宾馆，铺下一张报纸，将蘑菇一柄柄小伞朝天，摆在地毯上，一如它们生长在草原时的模样。

小姐进来整理卫生，细细的眉头皱了起来。我忙说，我要把它们带回去送给妈妈。小姐就暖暖地笑了，说您必须把蘑菇翻个身，让菌根朝上，不然蘑菇会烂的。草原上的白蘑菇最难保存。

听了小姐的话，我让白蘑菇趴在地上，好像晒太阳的小胖孩儿，温润而圆滑地裸露在空气中。

上火车的日子到了。小姐帮我找来一只小纸箱，用剪刀戳了许多梅花形的小洞，把白蘑菇妥妥地安放进去。原先的报纸上印了一排排圆环，好像淡淡的墨色的图章。我吓了一跳，说，是不是白蘑菇腐坏了？小姐说，别怕。新鲜的白蘑菇的汁液就是黑的。

进了卧铺车厢，我小心翼翼地把纸箱塞在床下。对面一位青海大汉说，箱子上捅了这么多的洞，想必带的是活物了。小鸡？小鸭？怎么听不见叫？天气太热，可别憋死了。

我说，带的是草原上的白蘑菇送给妈妈。

他轻轻地重复，哦，妈妈……好像这个词语对他已十分陌生。半晌后才接着说，只是你这样的带法，到不了兰州，蘑菇就得烂成污水。

我大惊失色说，那可怎么办？

他说，你在卧铺下面铺开几张纸，把蘑菇晾开，保持它的通风。

我依法处置，摆了一床底的蘑菇。每日数次拨弄，好像育秧的老农。蘑菇们平安地穿兰州，越宝鸡，抵西安，直逼郑州……不料中原一带，酷热无比，车厢内郁闷如桑拿浴池，令人窒息。青海汉子不放心地蹲下检查，突然叫道：快想办法！蘑菇表面已生出白膜，再捂下去，就不能吃了！

在蒸笼般的火车里，你还有什么办法可想？我束手无策。

大汉二话不说，把我的白蘑菇，重新装进浑身是洞的纸箱。我说，这不是更糟了？他并不解释，三下五除二，把卧铺小茶几上的水杯、食品拢成一堆，对周围的人说：烦请各位把自家的东西，拿到别处去放。腾出这个小桌，来放小箱子。箱子里装的是咱青海湖的白蘑菇，她要带回北京给妈妈。我们把窗户开大，让风不停地灌进箱子，蘑菇就坏不了啦。大家帮帮忙，我们都有妈妈。

人们无声地把面包、咸鸭蛋和可乐瓶子端开，为我腾出一方洁净的桌面。

风呼啸着。郑州的风，安阳的风，石家庄的风……鳞次栉比，穿箱而过。白蘑菇黑色的血液，渐渐被蒸发了，烘成干燥的标本。

青海大汉坐在窗口迎风的一面，疾风把他的头发卷得乱如蒿草。无数灰屑敷在他铁棠色的脸上，犹如漫天抛撒的芝麻。若不是为了这一箱蘑菇，玻璃窗原不必开得这样大。我几次歉意地说同他换换位子，他一摆手说，草原上的风比这还大。

终于，北京到了。我拎起蘑菇箱子同车友们告别，对大家说，我代表自己和妈妈谢谢你们！

大家说，你快回家去看妈妈吧。

由于路上蒸发了水分，白蘑菇比以前轻了许多。我走得很快，就要出站台的时候，青海汉子追上我，说：有一件很要紧的事，忘了同你交代——白蘑菇炖鸡最鲜。

妈妈喝着鸡汤说，青海的白蘑菇味道真好！

青虫之爱

我有一位闺中好友，从小怕虫子。不论什么品种的虫子都怕。披着蓑衣般茸毛的洋辣子，不害羞地裸着体的吊死鬼，一视同仁地怕。甚至连雨后的蚯蚓，也怕。放学的时候，如果恰好刚停了小雨，她就会闭了眼睛，让我牵着她的手，慢慢地在黑镜似的柏油路上走。我说，迈大步！她就乖乖地跨出很远，几乎成了体操动作上的"劈叉"，以成功地躲避正蜿蜒于马路的软体动物。在这种瞬间，我可以感受到她的手指如青蛙腿般弹着，不但冰凉，还有密集的颤抖。

大家不止一次地想法治她这心病，那么大的人了，看到一个小小毛虫，哭天抢地的，多丢人啊！早春天，男生把飘落的杨花坠，偷偷地夹在她的书页里。待她走进教室，我们都屏气等着那心惊肉跳的一喊，不料什么声响也未曾听到。她翻开书，眼皮一翻，身子一软，就悄无声息地瘫倒在桌子底下了。

从此再不敢锻炼她。

　　许多年过去，各自都成了家，有了孩子。一天，她到我家中做客，我下厨，她在一旁帮忙。我择青椒的时候，突然从蒂旁钻出一条青虫，胖如蚕豆，背上还长着簇簇黑刺，好一条险恶的虫子。因为事出意外，怕那虫蜇人，我下意识地将半个柿子椒像着了火的手榴弹扔出老远。

　　待柿子椒停止了滚动，我用杀虫剂将那虫子扑死，才想起酷怕虫的女友，心想刚才她一直目不转睛地和我聊着天，这虫子一定是入了她的眼，未曾听到她惊呼，该不是吓得晕厥过去了吧？

　　回头寻她，只见她神态自若地看着我，淡淡说，一个小虫，何必如此慌张。

　　我比刚才看到虫子还愕然地说，啊，你居然不怕虫子了？吃了什么抗过敏药？

　　女友苦笑说，怕还是怕啊。只是我已经能练得面不改色，一般人绝看不出破绽。刚开始的时候，我就盯着一条蚯蚓看，因为我知道它是益虫，感情上接受起来比较顺畅。再说，蚯蚓是绝对不会咬人的，安全性能较好……这样慢慢举一反三；现在我无论看到有毛没毛的虫子，都可以把惊恐压制在喉咙里。

　　我说，为了一条小虫子，下这么大的功夫，真有你的，值得吗？

　　女友很认真地说，值得啊。你知道我为什么怕虫子吗？

　　我撇撇嘴说，我又不是你妈，怎么会知道啊！

　　女友拍着我的手说，你可算说到点子上了，怕虫就是和我妈有关。我小的时候，是不怕虫子的。有一次妈妈听到我在外面哭，急忙跑出去一看，我的手背又红又肿，旁边两条大花毛虫正在缓缓爬走。我妈知道我叫虫蜇了，赶紧往我手上抹牙膏，那是老百姓止痒解毒的土法。以后，她只要看到我的身旁有虫子，就大喊大叫地吓唬我……一来二去的，我就成了条件反射，看到虫子，灵魂出窍。

后来如何好的呢，我追问。依我的医学知识，知道这是将一个刺激反复强化，最后，女友就成了生理学家巴甫洛夫教授的案例，每次看到虫子，就恢复到童年时代的大恐惧中。世上有形形色色的恐惧症，有的人怕高，有的人怕某种颜色，我曾见过一位女士，怕极了飞机起飞的瞬间，不到万不得已，她是绝不搭乘飞机的。一次实在躲不过，上了飞机。系好安全带后，她骇得脸色煞白，飞机开始滑动，她竟号啕痛哭起来……中国古时的"一朝被蛇咬，十年怕井绳"说的也是这回事。只不过杯弓蛇影的起因，有的人记得，有的人已遗忘在潜意识的晦暗中。在普通人看来是微不足道的小事，对当事人来说，痛苦煎熬，治疗起来十分困难。

女友说，后来有人要给我治，说是用"逐步脱敏"的办法。比如先让我看虫子的画片，然后再隔着玻璃观察虫子，最后直接注视虫子……

原来你是这样被治好的啊！我恍然大悟道。

嗨！我根本就没用这个法子。我可受不了，别说是看虫子的画片了，有一次到饭店吃饭，上了一罐精致的补品。我一揭开盖，看到那漂浮的虫草，当时就把盛汤的小罐摔到地上了……女友抚着胸口，心有余悸地讲着。

我狐疑地看了看自家的垃圾桶，虫尸横陈，难道刚才女友是别人的胆子附体，才如此泰然自若？我说，别卖关子了，快告诉我你是怎样重塑了金身？

女友说，别着急啊，听我慢慢说。有一天，我抱着女儿上公园，那时她刚刚会讲话。我们在林荫路上走着，突然她说，妈妈……头上……有……她说着，把一缕东西从我的头发上摘下，托在手里，邀功般地给我看。

我定睛一看，魂飞天外，一条五彩斑斓的虫子，在女儿的小手内，显得狰狞万分。

我第一个反应是像以往一样昏倒，但是我倒不下去，因为我抱着我的孩子。如果我倒了，就会摔坏她。我不但不曾昏过去，神志也是从来没有的清醒。

第二个反应是想撕肝裂胆地大叫一声。因为你胆子大，对于在恐惧时惊叫的益处可能体会不深。其实能叫出来极好，可以释放高度的紧张。但我立即想到，万万叫不得。我一喊，就会吓坏了我的孩子。于是我硬是把喷到舌尖的惊叫咽了下去，我猜那时我的脖子一定像吃了鸡蛋的蛇一样，鼓起了一个大包。

现在，一条虫子近在咫尺。我的女儿用手指抚摸着它，好像那是一块冷冷的斑斓宝石。我的脑海迅速地搅动着。如果我害怕，把虫子丢在地上，女儿一定从此种下了虫子可怕的印象。在她的眼中，妈妈是无所不能无所畏惧的，如果有什么东西把妈妈吓成了这个样子，那这东西一定是极其可怕的。

我读过一些有关的书籍，知道当年我的妈妈，正是用这个办法，让我从小对虫子这种幼小的物体，骇之入骨。即便当我长大之后，从理论上知道小小的虫子只要没有毒素，实在不值得大惊小怪，但我的身体不服从我的意志。我的妈妈一方面保护了我，一方面用一种不适当的方式，把一种新的恐惧，注入到我的心里。如果我大叫大喊，那么这根恐惧的链条，还会遗传下去。不行，我要用我的爱，将这铁环砸断。我颤巍巍伸出手，长大之后第一次把一只活的虫子，放在手心，翻过来掉过去地观赏着那虫子，还假装很开心地咧着嘴，因为——我女儿正目不转睛地看着我呢！

虫子的体温，比我的手指要高得多，它的皮肤有鳞片，鳞片中有湿润的滑液一丝丝渗出，头顶的茸毛在向不同的方向摆动着，比针尖还小的眼珠机警怯懦……

女友说着，我在一旁听得毛骨悚然。只有一个对虫子高度敏感的人，才能有如此令人震惊的描述。

女友继续说，那一刻，真比百年还难熬。女儿清澈无瑕的目光笼罩着我，在她面前，我是一个神。我不能有丝毫的退缩，我不能把我病态的恐惧传给她……

不知过了多久，我把虫子轻轻地放在了地上。我对女儿说，这是虫子。虫子没什么可怕的。有的虫子有毒，你别用手去摸。不过，大多数虫子是可以摸的……

那只虫子，就在地上慢慢地爬远了。女儿还对它扬扬小手，说"拜拜……"

我抱起女儿，半天一步都没有走动。衣服早已被黏黏的汗水浸湿。

女友说完，好久好久，厨房里寂静无声。我说，原来你的药，就是你的女儿给你的啊。

女友纠正道，我的药，是我给我自己的，那就是对女儿的爱。

爱的回音壁

现今中年以下的夫妻，几乎都是一个孩子，关爱之心，大概达到中国有史以来的最高值。家的感情像个苹果，姐妹兄弟多了，就会分成好几瓣。若是千亩一苗，孩子在父母的乾坤里，便独步天下了。

在前所未有的爱意中浸泡的孩子，是否物有所值，感到莫大幸福？我好奇地问过。孩子们撇嘴说，不，没觉着谁爱我们。

我大惊，循循善诱道，你看，妈妈工作那么忙，还要给你洗衣做饭；爸爸在外面挣钱养家，多不容易！他们多么爱你们啊……

孩子们很漠然地说，那算什么呀！谁让他们当了爸爸妈妈呢？也不能白当啊，他们应该的。我以后做了爸爸妈妈也会这样。这难道就是爱吗？爱也太平常了！

我震住了。一个不懂得爱的孩子，就像不会呼吸的鱼，出了家族的水箱，在干燥的社会上，他不爱人，也不自爱，必将焦渴而死。

可是，你怎样让由你一手哺育长大的孩子，懂得什么是爱呢？从他眼睛接受第一缕光线时，已被无微不至的呵护包绕，早已对关照体贴熟视无睹。生物学上有一条规律，当某种物质过于浓烈时，感觉迅速迟钝麻痹。

如果把爱定位于关怀，随着孩子年龄的增长，对他的看顾渐次减少，孩子就会抱怨爱的衰减。"爱就是照料"这个简陋的命题，把许多成人和孩子一同领入误区。

寒霜陡降也能使人感悟幸福，比如父母离异或是早逝。但它是灾变的副产品，带着天力人力难违的僵冷。孩子虽然在追忆中，明白了什么是被爱，那却是一间正常人家不愿走进的课堂。

孩子降生人间，原应一手承接爱的乳汁，一手播洒爱的甘霖，爱是一本收支平衡的账簿。可惜从一开始，成人就间不容发地倾注了所有爱的储备，劈头盖脑砸下，把孩子的一双手塞得太满。全是收入，没有支出，爱沉淀着，淤积着，从神奇化为腐朽，反让孩子成了无法感知爱意的精神残疾。

我又问一群孩子，那你们什么时候感到别人是爱你的呢？

没指望得到像样的回答。一个成人界都争执不休的问题，孩子能懂多少？比如你问一位热恋中的女人，何时感觉被男友所爱？回答一定光怪陆离。

没想到孩子的答案清朗坚定。

我帮妈妈买醋来着。她看我没打了瓶子，也没洒了醋，就说，闺女能帮妈干活了……我特高兴，从那会儿，我知道她是爱我的。翘翘辫女孩说。

我爸下班回来，我给他倒了一杯水，因为我们刚在幼儿园里学了一首歌，词里说的是给妈妈倒水，可我妈还没回来呢，我就先给我爸倒了。我爸只说了一句，好儿子……就流泪了。从那次起，我知道他是爱我们。光头小男孩说。

我给我奶奶耳朵上夹了一朵花，要是别人，她才不让呢，马上就得揪下来。可我插的，她一直戴着，见着人就说，看，这是我孙女打扮我呢……我知道她最爱我了……另一个女孩说。

我大大地惊异了。讶然这些事的碎小和孩子铁的逻辑。更感动他们谈论时的郑重神气和结论的斩钉截铁。爱与被爱高度简化了，统一了。孩子在被他人需要时，感觉到了一个幼小生命的意义。成人注视并强调了这种价值，他们就感悟到深深的爱意。在尝试给予的同时，他们懂得了什么是接受。爱是一面辽阔光滑的回音壁，微小的爱意反复回响着，折射着，变成巨大的轰鸣。当付出的爱被隆重地接受并珍藏时，孩子终于强烈地感觉到了被爱的尊贵与神圣。

被太多的爱压得麻木，腾不出左手的孩子，只得用右手，完成给予和领悟爱的双重任务。

天下的父母，如果你爱孩子，一定让他从力所能及的时候，开始爱你和周围的人。这绝非成人的自私，而是为孩子一世着想的远见。不要抱怨孩子天生无爱，爱与被爱是铁杵成针百年树人的本领，就像走路一样，须反复练习，才会举步如飞。

如果把孩子在无边无际的爱里泡得口眼翻白，早早剥夺了他感知爱的能力，育出一个爱的低能儿，即使不算弥天大错，也是成人权力的滥施，或许要遭天谴的。

在爱中领略被爱，会有加倍的丰收。孩子渐渐长大，一个爱自己、爱世界、爱人类，也爱自然的青年，便喷薄欲出了。

你是我心头的朱砂

　　我上学的第一任老师，是位美丽的女子，那时候她还没有孩子。没有孩子的女子，对别人家的孩子，要么是厌烦的，要么是喜欢的。我的老师，属于后面的那一种。喜欢孩子的人，要么是特别的和蔼，要么是特别的严厉。我的老师，是两手都硬的那一种。

　　我1959年就读于北京海淀区建设小学，入一年级一班，班主任是白玉琴老师。一天上语文课，白老师讲《小猫钓鱼》。她把课文念完之后，提问大家谁能复述一遍。这对刚刚上学的我们来说，有难度，课堂里一时静若幽谷。我那时梳着齐眉娃娃头，一缕湿发遮住了眼帘，汗水淋淋的我顺手捋了捋头发。白老师立刻大声说："好啊，毕淑敏愿意来回答这个问题，请起立。"我魂飞胆战，当下想以后哪怕是头发把眼珠刺瞎了，也不再捋头发。我恍若慢镜头一样起身，企图拖延时间以想他法。也许因为我动作太慢，白老师在这个当儿另起了主意。她说："毕淑敏站到讲台上来，面向大家复述课文。"

天啊！

没有任何法子对抗，我只好拖着双腿，像老爷爷一样挪向讲台。咬牙切齿痛下决心，以后剃成个秃瓢，永不留发。从课桌到讲台的那几步，是我七年人生中最漫长的荆棘之旅。然而无论怎样蹒跚，总有到了尽头的那一刻，我只好战战兢兢地开始了回答。

如何下的课，全然忘却。以上是我开蒙之后记忆最深的一件事。

开蒙，古时指儿童入书塾接受启蒙教育，现如今泛指儿童开始上学识字。我觉得像读书识字这类属于心智萌发的事件，应该有一个庄严的启动仪式，让小小的心灵里，刻骨铭记这一瞬的惊诧和感动。可惜现在的孩童，多半很早就稀里糊涂乱七八糟地开始识字了。或许是多嘴多舌、随心所欲的爷爷奶奶外公外婆，或许是望子成龙、崇尚笨鸟先飞的父母，在孩童猝不及防的时候，就轻易地开始教他们识字。闹得孩子们对于字，就像少年面对随意暴露身姿的异性，难以建立起斩钉截铁的敬畏，淡薄了欣喜若狂的爱惜。甚者如那没有成年就发动的早恋，在初春就消耗了夏天的炎热。

早年的开蒙礼，也称"破蒙"。"蒙"是"蒙昧"之意，指未开化状态。一个带有裂帛之声的"破"字，仿佛不识字是一顶坚硬的钢铁帐篷，压抑幽暗，需一柄寒剑横空刺穿，透进万千气象。据说开蒙礼上，要由礼官为即将入学的孩子们，在额头点一粒大大的朱砂眼。点眼的具体位置是在鼻根上方印堂的中央，名曰"开智"。象征着这孩子从此脱离了茫昧的混沌，睁开了天眼。朱砂色艳如血，闪金属般的光泽，美艳无比且触目惊心。之后是孩童学写"人"字、谢师恩、开笔石上练字、初背《三字经》……破蒙如同破晓，人生从此曙光乍现。

为什么要用朱砂点化出一只新眼？朱砂原是一味药，镇惊安神祛风辟邪。这第三只眼，到底是个什么性质的器官呢？倘取把解剖刀，从人的额头探进脑腹，深入两寸，会见到一个貌似松果的东西，重约3两，现代医学就称它为松果体。松果体是重要的内分泌器官，更有人说它就是人类灵魂居住的地方。有研究认为，松果体内有退化了的视网膜，具有成像功能。即使闭上双目，它也仍在活动，仿佛液晶电视的屏幕，显现奇异风景。

古人最初设计开蒙礼的时候，为什么选了猩红的朱砂和神秘的额头中央？或许指的是人们识得了文字，从此可以阅读古今中外圣贤之言，便为灵魂塑造了一只穿云破雾、洞察秋毫的心眼。于是它身居要位，统摄周身。

《小猫钓鱼》后，我听白老师对别人说："我从来没有看到过这样好记性的孩子，居然把整篇课文复述得几乎一字不差。"几十年后我重回母校，有年轻老师对我说："白校长（白老师已成为校长）至今还会说起当年的你，是多么聪慧……"

时至今日，我常在想，自己并不聪明，那一日表现尚好，看似偶然，也许是心中的蠢动，跃跃欲试使然。细心的白老师看穿了一个畏葸的女孩乔装打扮后的渴望，温暖地推动了孩子的尝试。老师的鼓励，让一个不自信的幼童，感觉到了被重视、被喜爱的欢欣。这种获取知识的快乐，将伴随终生。

我上学时没有举行过开蒙礼，白老师就是我猩红的朱砂。

孩子，我为什么打你

有一天与朋友聊天，我说，就是在"文化大革命"中当红卫兵，我也没打过人。我还说，我这一辈子，从没打过人……

你突然插嘴说：妈妈，你经常打一个人，那就是我……

那一瞬屋里很静很静。那一天我继续同客人谈了很多的话，但所有的话都心不在焉。孩子，你那固执的一问，仿佛爬山虎无数细小的卷须，攀满我的整个心灵。面对你纯正无瑕的眼睛，我要承认：在这个世界上，我只打过一个人。不是偶然，而是经常，不是轻描淡写，而是刻骨铭心。这个人就是你。

在你最小最小的时候，我不曾打你。你那么幼嫩，好像一粒包在荚中的青豌豆。我生怕任何一点儿轻微的碰撞，将你稚弱的生命擦伤。我为你无日无夜地操劳，无怨无悔。面对你熟睡中像合欢一样静谧的额头，我向上苍发誓：我要尽一个母亲所有的力量保护你，直到我从这颗星球上离开的那一天。

你像竹笋一样开始长大。你开始淘气，开始恶作剧……对你摔破的盆碗、拆毁的玩具、遗失的钱币、污脏的衣着……我都不曾打过你。我想这对于一个正常而活泼的儿童，都像走路会摔跤一样应该原谅。

第一次打你的起因，已经记不清了。人们对于痛苦的记忆，总是趋向于忘记。总而言之那时你已渐渐懂事，初步具备童年人的智慧；它混沌天真又我行我素，它狡黠异常又漏洞百出。你像一匹顽皮的小兽，放任无羁地奔向你向往中的草原，而我则要你接受人类社会公认的法则……为了让你记住并终生遵守它们，在所有的苦口婆心都宣告失效，在所有的夸奖、批评、恐吓以及奖赏都无以建树之后，我被迫拿出最后一件武器——这就是殴打。

假如你去摸火，火焰灼痛你的手指，这种体验将使你一生不会再去抚摸这种橙红色抖动如绸的精灵。孩子，我希望虚伪、懦弱、残忍、狡诈这些最肮脏的品质，当你初次与它们接触时，就感到切肤的疼痛，从此与它们永远隔绝。

我知道打人犯法，但这个世界给了为人父母者一项特殊的赦免——打是爱。世人将这一份特权赋予母亲，当我行使它的时候臂系千钧。

我谨慎地使用殴打，犹如一个穷人使用他最后的金钱。每当打你的时候，我的心都在轻轻颤抖。我一次又一次问自己：是不是到了非打不可的时候？不打他我还有没有其他的办法？只有当所有的努力都归于失败，孩子，我才会举起我的手……每一次打过你之后，我都要深深地自责。假如惩罚我自身可以使你汲取教训，孩子，我宁愿自罚，哪怕它将苛烈十倍。但我知道，责罚不可以替代也无法转让，它如同饥馑中的食品，只有你自己嚼碎了咽下去，才会成为你生命体验中的一部分。这道理可能有些深奥，也许要到你也为人父母时，才会理解。

打人是个重体力活儿，它使人肩酸腕痛，好像徒手将一千块蜂窝煤搬上五楼。于是人们便发明了打人的工具：戒尺、鞋底、鸡毛掸子……

我从不用那些工具。打人的人用了多大的力，便是遭受到同样的反作用力，这是一条力学定律。我愿在打你的同时，我的手指亲自承受力的反弹，遭受与你相等的苦痛。这样我才可以精确地掌握数量，不至于失手将你打得太重。

我几乎毫不犹豫地认为：每打你一次，我感到的痛楚都要比你更为久远而悠长。因为，重要的不是身累，而是心累……

孩子，我多么不愿打你，可是我不得不打你！我多么不想打你，可是我一定要打你！这一切，只因为我是你的母亲！

孩子，听了你的话，我终于决定不再打你了。因为你已经长大，因为你已经懂得了很多的道理，毫不懂道理的婴儿和已经很懂道理的成人，我认为都不必打。只有对半懂不懂、自以为懂其实毫不懂得道理的孩童，才可以打，以助他们快快长大。

孩子，打与不打都是爱，你可懂吗？

悠长的铃声

雨天,是城市的忌日。

花花绿绿的伞,填满每条街道,到处堵车。我大清早出门,赶到读书的学院,还差一分钟就要上课了。

"今天你晚了。"看大门兼打铃的老师傅说。他瘦而黑,像一根铁钉。别的同学都住校,唯我走读。开学才几天,他这是第一次同我讲话。

"不晚。"我撒腿就跑。从大门口到教室的路很长,就是有本·约翰逊的速度再加了兴奋剂,也来不及。课堂纪律严格,我只是想将损失减少到最小。

上课的铃声在我背后响起来了,像一条鞭子,抽我的双腿。有一瞬,几乎想席地坐下,喉咙里发咸,仿佛要吐出红色来。迟到就迟到吧!纪律虽严,健康还是最重要的!

我的脚步迟缓下来,仿佛微风将息的风车。然而铃声还在宁静而悠远地响着,全然没有即将沉寂的细弱。

"只要铃声响着，我就不该停止奔跑！"我对自己说。终于，到了。

老师和同学们都在耐心地倾听着，等待铃声的完结。

放学时，我走过大门，很想向老人表示感谢。可是，说什么好呢？说谢谢您把铃绳拽得时间那么长吗？我想在学府里，最好的谢意莫过于知识者对普通人的尊敬，便很郑重地问："老师傅，您贵姓？"

"免贵。"然后，他告诉我姓氏。

我的脑筋里管记忆一般人姓氏的区域，似乎被虫蛀过，总是容易搞错。不过这难不住我，我创造了联想方式。比如，听了看门师傅的姓氏，我脑海中就幻化出花果山水帘洞的景象。这法子秘不传人，却是百试百灵的。

上学三年，我认真称呼他的机会并不多。唯有恰恰赶在上课铃响之时，我经过校门，才会恭恭敬敬地称他一声："侯师傅好！"若是他一个人，会冲着我宽厚地笑笑。有时围着做饭、植花的其他师傅，我便格外响亮地招呼他，表示我对他的尊重。周围的人看着他嬉笑，他就不好意思地低下头。其后，便会有悠长的铃声响起，像盘旋的鸽群，陪伴我走进教室。

当我伸直双腿安稳地坐在课桌前，铃声才像薄雾一般散去。"看门的老头拽着铃绳睡着了。"同桌说。

只有我知道这秘密，但我永远不会说。说出来，便破坏了这一份温情，这一番默契。

终于，我以优异的成绩良好的品行，从学院毕业。我拎着沉重的书包走出校门，最后一次对铁钉样的老人说："师傅好！"他瞅瞅四周无人，靠近我："你就要走了。我想同你说一件事。"

"你不要放在心上……"他又踌躇了，"我只是想告诉你……唉，不说了……不说了……"他苍老的头颅在秋风中像芦花一般摆动着，脸色因为窘迫，像生了红锈。

"到底是什么事呢？"我的好奇心发作了。

"他们说你是成心的，我说不是……"老人舔了一下嘴唇，好像那里黏着一粒砂糖，慈善地看着我。

"您快说嘛！侯师傅！"听这口气，与我有关，忙不迭地追问。

"你千万别介意……我不是姓侯，我姓孙……"

进当铺的男孩

　　儿子有一天对我说，他们班同学有一支派克笔要出让，开价人民币100元整。

　　这笔是个什么来路？不会是赃物吧？我说。

　　儿子说笔的来路绝对正当，是那同学的亲戚送的，他因已有了一支，故将这支卖出，肯定是原装。

　　我看出儿子的渴望，就说，我认为一个孩子现在就用派克笔，有点为时过早。

　　儿子激烈地反驳说，派克笔也是少儿不宜吗？

　　我被噎得没话回答，就说，这笔太贵了，没有那么多的钱。

　　儿子转了一下眼珠说，您的意思是只要我可以搞到钱，就可以买下这支笔啦？

　　我当然不是这个意思，但一时也琢磨不出更好的理由回绝。想他一直是个守本分的孩子，手中并无积攒的闲钱。现在离春节还很远，也没有压岁钱供他挥霍。只要施行经济封锁，他的梦想就是镜中之花。于是支吾着说，是啊是啊。

儿子说，买笔的事，咱们一言为定。

我说，钱的来路需光明正大。

儿子说，您就放心好了。

过了两天，儿子把他的世佳游戏机妥妥帖帖地捆起来，结实得好像一个炸药包。我随口问了一句，又要借给哪个朋友玩啊？

儿子龇牙笑着说，这一次不是借给人家，是放进当铺里换点现金。

我吓得跳起来，抚着胸口说，请把你的话再说一遍，我大概耳背了，实在听不明白。

儿子说，为了买笔，我需要钱。我检点了一下我的所有财产，就数这台游戏机值钱了。我去当铺里问了一下，大约可当250元钱，可惜您把发票弄丢了，要不然还可以多当些。

我说，天啊，你小小的年纪就知道进当铺了，长大一定是个败家子。

儿子奇怪地说，这和败家子有什么关系？反正从现在到暑假的日子，我都没有机会玩游戏机了，放在家里什么用也没有。进了当铺，我就可以用钱买到笔……

我不客气地打断他的话，可是你拿什么钱来赎呢？医得眼前疮，剜却心头肉。到时候没有钱，你的游戏机就成了死当。（我好不容易从以前读过的旧小说中，记起了死当这个词，用得恰是地方。）

儿子不慌不忙地说，以后我每个月都从伙食费里节省一些，到了暑假的时候就可以把游戏机赎回来了。当铺的库房很严密，还有空调，游戏机搁在那里，真是比家里还保险呢。

我瞠目结舌。面对着这种无懈可击的计划，只能自叹弗如。

我说，我这一辈子，除了出门忘记带钱的时候，临时跟人借个汽车票钱什么的，还真没有正儿八经地借过钱。更不要说进当铺了。

儿子说，要是等我慢慢地把钱攒够了，我们同学的派克笔早就拍卖出去了。我觉得当铺没有什么不好的，可以救人急难。

我们的争论告一段落。

后来，儿子还是把他同学的派克笔买了回来用的是我贷款给他的100元钱。

我一再声明贷款是无息，而且偿还期可以拖得很长，不必他短时间内压缩伙食费还贷，以保障身体健康。

儿子从此用派克笔流利地书写作业，但提起此事时，表情却是悻悻的。

他说我给的钱有嗟来之食的味道，还是自己进当铺来得理直气壮。

回去问妈妈

　　那一年游敦煌回来，兴奋地同妈妈谈起戈壁的黄沙和祁连的雪峰。说到在丝绸之路上僻远的安西，哈密瓜汁甜得把嘴唇粘在一起……

　　安西！多么遥远的地方！我在那里体验到莫名其妙的感动。除了我，咱们家谁也没有到过那里！我得意地大叫。

　　一直安静听我说话的妈妈，淡淡地插了一句：在你不到半岁的时候，我就怀抱着你，走过安西。

　　我大吃一惊，从未听妈妈谈过这段往事。

　　妈妈说你生在新疆，长在北京。难道你是飞来的不成？以前我一说起带你赶路的事情，你就嫌烦。说知道啦，别再啰唆。

　　我说，我以为你是坐火车来的，一件司空见惯的事情。

　　妈妈依旧淡淡地说，那时候哪有火车？从星星峡经柳园到兰州，我每天抱着你，天不亮就爬上装货卡车的大厢板，在戈壁滩上颠呀颠，半夜才到有人烟的地方。你脏得像个泥巴娃娃，几盆水也洗不出本色……

我静静地倾听妈妈的描述，才知道我在幼年时曾带给母亲那样的艰难，才知道发生在安西的感动源远流长。

我突然意识到，在我和最亲近的母亲之间，潜伏着无数盲点。

我们总觉得已经成人，母亲只是一间古老的旧房。她给我们的童年以遮避，但不会再提供新的风景。我们急切地投身外面的世界，寻找自我的价值。全神贯注地倾听上司的评论，字斟句酌地印证众人的口碑，反复咀嚼朋友随口吐露的一滴印象，甚至会为恋人一颦一笑的含义彻夜思索……我们极其在意世人对我们的看法，因为世界上最困难的事莫过于认识自己。

我们恰恰忘了，当我们环视整个世界的时候，有一双微微眯起的眼睛，始终在背后凝视着我们。那是妈妈的眼睛啊！

我们幼年的顽皮，我们成长的艰辛，我们与生俱来的弱点，我们异于常人的禀赋……我们从小到大最详尽的档案，我们失败与成功每一次的记录，都贮存在母亲宁静的眼中。

她是世界上第一个认识我们的人。我们何时长第一颗牙？我们何时说第一句话？我们何时跌倒了不再哭泣？我们何时骄傲地昂起了头颅？往事像长久不曾加洗的旧底片，虽然暗淡却清晰地存放在母亲的脑海中，期待着我们将它放大。

所有的妈妈都那么乐意向我们提起我们小时的事情，她们的眼睛在那一瞬露水般的年轻。我们是她们制造的精品，她们像手艺精湛的老艺人，不厌其烦地描绘打磨我们的每一个过程。

我们厌烦了。我们觉得幼年的自己是一件半成品，更愿以光润明亮、色彩鲜艳、包装精美的成年姿态，出现在众人面前。

于是我们不客气地对妈妈说：老提那些过去的事，烦不烦呀？别说了，好不好？

从此，母亲就真的噤了声，不再提起往事。有时候，她会像抛上岸的鱼，突然张开嘴，急速地扇动着气流……她想起了什么，但她终于什么也没有说，干燥地合上了嘴唇。我们熟悉了她的这种姿势，以为是一种默契。

为什么怕听母亲讲过去的事情？是不愿承认我们曾经弱小？是不愿承载亲人过多的恩泽？我们在人海茫茫世事纷繁中无暇多想，总以为母亲会永远陪伴在身边，总以为将来会有某一天让她将一切讲完。

在一个猝不及防的刹那，冰冷的铁门在我们身后戛然落下。温暖的目光折断了翅膀，掩埋在黑暗的那一边。

我们在悲痛中愕然回首，才发现自己远远没有长大。

我们像一本没有结尾的书，每一个符号都是母亲用血书写。我们还未曾读懂，著者已撒手离去。从此我们面对书中的无数悬念和秘密，无以破译。

我们像一部手工制造的仪器，处处缠绕着历史的线路。母亲走了，那唯一的图纸丢了。从此我们不得不在暗夜中孤独地拆卸自己，焦灼地摸索着组合我们性格的规律。

当那个我们快乐时，她比我们更欢喜；当我们忧郁时，她比我们更苦闷的人，头也不回地远去的时候，我们大梦初醒。

损失了的文物永不能复原，破坏了的古迹再不会重生。我们曾经满世界地寻找真诚，当我们明白最晶莹的真诚就在我们身后时，猛回头，它已永远熄灭。

我们流落世间，成为飘零的红叶。

趁老树虬髯的枝丫还郁郁葱葱时，让我们赶快跑回家，去问妈妈。

问她对你充满艰辛的诞育，问她独自经受的苦难。问清你幼小时的模样，问清她对你所有的期冀……你安安静静地偎依在她的身旁，听她像一个有经验的老农，介绍风霜雨雪中每一穗玉米的收成。

一定要赶快啊！生命给我们的允诺并不慷慨，两代人命运的云梯衔接处，时间只是窄窄的台阶。从我们明白人生的韵律，距父母还能明晰地谈论以往，并肩而行的日子屈指可数。

给母亲一个机会，让她重温创造的喜悦。给自己一个机会，让我深刻洞察尘封的记忆。给众人一个机会，让他全面搜集关于一个人一个时代的故事。

在春风和煦或是大雪纷飞的日子，赶快跑回家，去问妈妈。让我们一齐走向从前，寻找属于我们的童话。

妈妈的饺子

好受不如倒着，好吃不如饺子。

前半句我以为是极确的，后半截则"英雄"所见不同。世上比饺子好吃的东西多了去了。但父母是正宗的山东人，有一种对饺子的崇拜。如果是长久地吃不上饺子，哪怕是天天山珍海味，也是够可怜的。

包饺子太麻烦。不是所有的菜都可以做馅，只有那些辛辣芳香的才好入选，例如韭菜、茴香。这种菜多叶嫩须长，需要"择"。"择"是很费时间的。掐去黄叶，裁掉老根……单调枯燥的过程把人的耐力磨得菲薄。未及开始，就已厌倦。当然也有不需要"择"的菜。比如扁豆，但要先烫后剁；比如西葫芦，要擦丝拧水……

如今有了绞肉机，肉馅的细碎已不用愁（涮涮刀刃和料桶，也挺伤脑筋），就不去说它了。

然后是和面。因是偶尔为之，软了硬了就没个谱。好在硬了加水，软了揣面，补救起来并不难。直到那面的轮廓较之预定的面积要大出几圈，这道工序才告结束。然后给它蒙上一块湿布，等着它"醒"，好像它是一只冬眠的熊。

该往肉馅里打水了。要顺时针方向搅缠，偷工减料可不行。直到手腕子像坠了铅镯子，才算勉强合格。

终于可以包了。

揪面剂子可是个技术活。妈妈总说不能用刀切，有铁锈气。我想不通，平日吃的菜和面条不都要沾铁吗？为什么彼粗放而此细腻？也许由此衬托出饺子的高贵。

丈夫管前期备料，我承包后期工程。他揪面剂子的手艺不灵，波动频繁。你说剂子小了，他就扔下来两个大的，你说大了大了，他马上又撕两个极小的……不知是谦虚还是成心捣蛋。在我们的不断反馈调整中，饺子们三世同堂。

丈夫擀皮的技艺也不敢恭维，最大的缺陷是不圆。按剂子的左手拇指过于执着，使面皮的某一局部受力过重。面皮在他递给你的时候，似乎完美无缺。包时稍一抻拽，就像成熟的石榴一般裂开，只不过露出的是绿色内容物。

怎么办呢？再擀一张大面页子，把破了的饺子像个婴儿似的包裹起来。亡羊补牢，犹未晚也。只是这种双簧饺子没人爱吃，又不容易熟。

我就打补丁，在饺子的破处再粘上一小块面。当时看着还算妥帖，煮时依旧脱落。不是原装的，一遇到考验，就出现间隙。

每逢包到临近收尾，心情就渐渐紧张。怕馅多了面少了之类供需失调的矛盾，馅多了需重新和面，面多了就拉成几根面条，胡乱丢进最后的开水。

好不容易一个个包得了饺子，又需一锅锅煮。饥肠响如鼓，谁煮谁就最后吃。这乃是家庭生活中考验人的时刻。一般由我领衔主演。

煮饺子是有讲究的。开盖煮皮捂盖煮馅……每次口中念念有词，好像一道符咒。

往锅里点上个三四回水，饺子就可以捞在盘里了。再把忙中偷闲剥好的蒜瓣、调好的醋汁一并摆上桌，才算大功告成。

饺子不能煮得太轻，菜叶直直地站在饺子皮里，吃下去会拉肚子的。也不可煮得太过，烂成菜泥，就是婴儿食品了。

还有许多的小讲究，比如"挤"的饺子比包的饺子好吃。"挤"是用两手的拇指和食指合力一卡，使皮和馅的排列发生结构性的重组，浑然一体。吃时整体感很好。这是山东人的专利，非得高手才行，一般人不在行。

吃饺子多么的烦琐！它是家庭餐饮业中的豪举，是主妇功课里的长篇小说。非得有大精力大准备才敢操练，两个人还得同舟共济，鼎力齐心。

于是便不再吃饺子。当然过春节时不在此例，再忙也要图个吉利。

饺子是一种时间的奢侈品。

有一天孩子对我说："妈！咱们今年还没吃过韭菜馅的饺子呢！"

我说："没吃过也吃不成了。你没听说过，六月韭，驴不瞅。"

儿子说："可我们不是驴啊！驴不瞅，管它呢。我们吃就是了。"

我说："那是句比喻。天热日照长，韭菜的纤维粗糙，辣得熏鼻子，实在是吃不得了。明年再吃，好吗？"

"还是今年吃吧。改别的馅的好了。"他矢志不移。

我瞧瞧摊了一桌的稿纸，说："咱们吃速冻饺子吧。"

他说："我想吃真正的饺子。"

我想对他说，速冻饺子绝对是真正的饺子，只不过是机器包出来的，还是货真价实的。忍了忍，终于咽下去。

我对他说："告诉你一个能吃上饺子的办法。星期天到你奶奶家玩去的时候，奶奶要问你想吃什么，你也别忸怩，就直说想吃饺子，奶奶就会让姑姑给你包的。注意，要说就早点说，别磨蹭到下午才张嘴，闹得人家措手不及。"

儿子脆生生地回答："记住啦！"

我的妈妈在石家庄。有一天石家庄来人，说你妈托我带给你一样东西。

我解开塑料袋，掏出一个盒子。揭开盒盖……

满满一饭盒饺子！

老人家半夜起来和面剁馅，忙了半天。煮好后又用凉开水涮过，确保不粘了，这才装盒。从石家庄带到北京，600里地呢！

来人说。

片刻间，我的泪水像海潮似的涨出眼眶。当着外人，不好意思落泪，强笑着说，我妈也真是的，又不是旧社会，几百里路给我捎饺子，以为我饥寒交迫呢！

那人紧盯着我说，快咬一个尝尝！你妈一会怕咸了，一会怕淡了，念叨不停。

我赶快吃了一个饺子，可什么滋味都没尝出来。喉咙口很热，像有一块火红的炭卡在那里，其他感觉都抵不过那热。

"不咸，也不淡。正好。"我说。

你妈说你好可怜，连顿饺子也吃不上。那人说。

我父亲已经去世了，只剩下妈妈一个人。我们在遥远的地方，无以尽孝道，妈妈还这样关怀着早已成年的女儿。在凄清的绝早，一个人披衣起身，孤零零地擀皮孤零零地包……一次只能擀几张皮，多了一个人包不过来，就皱了。妈妈是极讲究饺子质量的，这许多饺子她一定包了很久很久……也许她会先拿小锅，煮几个尝尝……她总说我的口味比她重，一定是自己觉得咸淡适中了，又加上一把盐……过后想想，又怕咸了，心中不安……

我过两天就回石家庄，我跟你妈说，你特喜欢吃她包的饺子。

来人很周到地对我说。

"别！可千万别！"我慌得急不择言，"你就跟我妈说，说饺子从石家庄带到这儿，路太远，都馊了。没法吃了。"

不能吧？那人狐疑地俯下身，闻了闻。说，除了香味，没别的味呀！

我说："求求你，就这么说。不然我妈以后还会带饺子来。"

他停了好一会，说，就依你吧。

那盒饺子个个囫囵滚圆，是典型的"挤"饺子。

友　情

　　现代人的友谊很坚固又很脆弱。它是人间的宝藏，需要我们珍爱。

　　友谊的不可传递性，决定了它是一部孤本的书。我们可以和不同的人有不同的友谊，但我们不会和同一个人有不同的友谊。友谊是一条越掘越深的巷道，没有回头路可以走的，刻骨铭心的友谊也如仇恨一样，没齿难忘。

　　友情这棵树上只结一个果子，叫作信任。红苹果只留给灌溉果树的人品尝。别的人摘下来尝一口，很可能酸掉了牙。

　　友谊之链不可继承，不可转让，不可贴上封条保存起来而不腐烂，不可冷冻在冰箱里永远新鲜。

　　友谊需要滋养。有的人用钱，有的人用汗，还有的人用血。友谊是很贪婪的，绝不会满足于风餐露宿。友谊是最简朴同时也是最奢侈的营养，需要用时间去灌溉。友谊必须述说，友谊必须倾听，友谊必须交谈的时刻双目凝视，友谊必须倾听的时分全神贯注。友谊有的时候是那样脆弱，一句不经意的言辞，就会使大厦顷刻倒塌。友谊有的时候是那样容易变质，一个未经证实的传言，就会让整盆牛奶变酸。

这个世界日新月异。在什么都是越现代越好的年代里，唯有友谊，人们保持着古老的准则。朋友就像文物，越老越珍贵。

礼物分两种，一种是实用的，一种是象征性的。

我喜欢送实用的礼物。

不单是因为它可为朋友提供服务功能，更因为我的利己考虑。

此刻我们是朋友，十年以后不一定是朋友。

就算你耿耿忠心，对方也许早已淡忘。

速朽的礼物，既表达了我此时此刻的善意，又给予朋友可悦目、可哈哈一笑或是凝神端详的价值，虽是一次性的，也留下美好的瞬间，我心足矣。

象征久远意义的礼物，若是人家不珍惜这份友谊了，留着就是尴尬。或丢或毁，都是物件的悲哀，我的心在远处也会颤抖。

若是给自己的礼物，还是具有象征意义的好。比如一块石子、一片树叶，在别人眼里那样普通，其中的美妙含义只有自己知晓。

电话簿是一个储存朋友的魔盒，假如我遇到困难，就要向他们发出求救信号。一种畏惧孤独的潜意识，像冬眠的虫子蛰伏在心灵的旮旯。人生一世，消失的是岁月，收获的是朋友。虽然我有时会几天不同任何朋友联络，但我知道自己牢牢地黏附于友谊网络之中。

利害关系这件事，实在是交友的大敌。我不相信有永久的利益，我更珍视患难与共的友谊。长留史册的，不是锱铢必较的利益，而是肝胆相照的情分，和朋友坦诚地交往，会使我们留存着对真情的敏感，会使我们的眼睛抹去云翳，心境重新开朗。

朋友是一本书，读通了就成为知己。不论朋友间的关系如何，彼此间的那点应有的尊敬总是不可少的。若是到了互无敬意，不注重礼貌和分寸的地步，误会与摩擦也就发生了。

不要希望每个人都是你的朋友，要用吸引力去结交朋友。用施舍恩惠或阿谀的方法求朋友、爱朋友、喜欢朋友，不如用诚意对待朋友，不要依赖朋友，不要苛求朋友。人世间最美好的莫过于有几个头脑清醒和心地正直的朋友。

朋友是能够原谅对方细小过错的人。那些并不想有意识接近你的人，最有可能是你真正的朋友。朋友不会阻止你的路，除非看到你走下坡路。假朋友就像自己的影子，在光明中，他跟着你，步入阴暗处，他立即就离去。

在人生的过程中，既无朋友又无敌人的人，是既无才能又无力量的人。如果不去结交朋友，那处境是可以想象的孤单。找朋友的唯一方法就是自己先成为别人的朋友。

朋友一旦失去，就等于经历了一次死亡。与老朋友取得联系，结交新的朋友，就等于重新获得了生命。热情能够得到较多的朋友，但远不如冷静更能保持朋友。

请朋友做事，须以名誉为限，为朋友做事，亦须以名誉为限。

蓝色萝卜

　　有一天，我到商场的玩具柜台，为朋友的孩子过生日准备一份礼物。因总是拿不定主意，挑来选去的很费时间，便听到了如下一番谈话。

　　一位老妇人，在卖橡皮泥的柜台，转了好几个圈，神色有几分茫然。嘴里小声嘟囔着，哟，这才几年不见，橡皮泥已经变得这样豪华了，好的要上百块钱一套了，记得早先，几毛钱就能买一版，什么颜色都有的……

　　正值中午，买东西的人不多，女售货员挺清闲的，就同顾客聊开了天儿。

　　哎，我说这位大姐，您那是什么时候的皇历了？几毛钱一版？少说也是三十年前的事了。现在的橡皮泥，三十六色，花哨着呢，还附带模型，您是想要麦当劳的食品型，还是白垩纪的恐龙型？您叫孙子把橡皮泥往模型里这么一按，再一磕出来，就什么都妥帖了，跟真的一模一样。

那老妇人现出不好意思的神态，说：我不是给孙子买的，是给儿子买的。

售货员并不因自己说差了而尴尬，很快接着话茬儿说，看您这年纪，儿子怕也有三十了吧？您还这么惦记着他，真是个好妈妈啊！

老妇人点点头说，是啊，他大学毕业，已经工作多年了。她边说，边拿起售货员递来的样品，很仔细地端详后，把附有模型的橡皮泥向柜台里面推了推说，我不要这种千篇一律的东西，要那种自己可以随心所欲地发挥创造性的橡皮泥。

售货员热情而久经世故的脸上出现了几丝迷惘，连我也听得起了好奇之心，用余光打量起老人。她衣着很普通，第一印象，几乎要把她归入家庭妇女范畴。但这结尾的话，让人得修改初衷，确认她是受过良好文化熏陶的知识女性。想来那儿子，也已是成年的知识分子。那么，这玩具的意义何在呢？

售货员不愧见多识广，在短暂的愕然之后，很快就重现成竹在胸的神色，缩窄了喉咙，同情地说，哦，我明白了。您的儿子精神上……是不是有点……那个……我接待过这样的顾客，是安定医院的大夫，也是不要带模型的橡皮泥，因为对病人的思维和手的活动帮助不大，简装的橡皮泥，反倒实用。病人们可以像孩子一样瞎捏，尽情地发挥想象力。听说从他们捏的玩意里，还能推断出病情好坏呢……

售货员嘴快手也快，把带有麦当劳和恐龙图案的大盒橡皮泥，麻利地收起来，递过一种色彩艳丽的简装橡皮泥。

老妇人很感激地看着售货员，轻声道着谢，然后细察新品种的成色。

售货员充满同情地叹了一口气。老人露出不很中意的样子说，基本还可以吧，只是有没有更多一些的呢？

售货员恍然大悟道，是这样啊，那我们还有大桶装的，都是专给幼儿园团体购买预备的，够一个班小朋友捏着玩了。说着，她从柜台角落拖出一个铁皮桶，看起来分量不轻。

老妇人再次察看，脸上终于露出满意的笑容，说，谢谢你啦。我儿子个子很高，手也很大，手指也粗，那些专为娃娃预备的橡皮泥，对他来讲，太精巧了。这种正合适。

老妇人交了钱，把售货员为她精心捆好的橡皮泥桶抱着，预备离去。售货员向她扬扬手说，您老多保重吧。看得出，您那么爱自己的儿子，他得了这样的病，您一定特难过。

老妇人开心地笑了，露出一口极为洁白的牙齿。虽然按她的岁数推算，这是假牙，仍让人感到她按捺不住的快乐。她说，谢谢你的关心。不过我的儿子并没有什么病，他很好，很健康，是个很棒的电脑工程师。

目瞪口呆的不仅是那位热心的售货员，还有在一旁偷听的我。谜团没有解开，越结越死。

老妇人说，事情是这样的。

我儿子小的时候，手很巧。我给他买回各种各样的玩具，让他开发智力。有一次，我买了橡皮泥，就是你说的那种老掉牙的货色——只有十二色的一小盒。他用它们捏小鸭子、小轮船，活灵活现的。有一天，他捏了一个大萝卜，圆圆的，大大的，红红的，上面还长着翠绿的缨子。我喜欢极了，还有骄傲和自豪。我把这个萝卜小心地带到单位，让同事们看。大家都说这不是那么小的孩子能捏出来的，没准是哪个工艺师随手的小品。我听了以后，心中甜似蜜呀。回到家后，儿子跟我要那个萝卜。我说，干吗呀？他毫不在意地说，把它毁了，重捏啊。红色的归到剩下的红泥堆里，绿的归绿的。我很可惜地说，那这个萝卜不就没了吗？他睁大天真的眼睛说，可那些橡皮泥还在啊，我还可以捏别的呀。我说，不成，过几天，就是"六一"儿童节，单位里要是组织展览，这个萝卜就是上好的展品。你不能把它毁了，我要留作纪念。

儿子很听话，不再要回他捏的萝卜了。过了一段日子，他悄悄问，你们单位开过展览会了吗？我说，今年没开。你问这个干什么？他说，我想要回那个萝卜，让它回到我那一堆各色的橡皮泥里，这样，我就可以捏其他的东西了。我不耐烦地说，这个萝卜我还想留着呢。你该捏什么就捏吧。儿子又怯生生地说，妈妈，你能不能再给我买一盒新的橡皮泥呢？我说，为什么？原来那盒不是挺好的吗？儿子说，那个萝卜走了，它的颜色就不全了。我敷衍地说，好吧，哪天我得空了，就给你买。那阵子，我一直很忙。更主要的是不把孩子的请求当回事，总是忘。孩子问过几次，我心里烦，就说，你想捏什么就捏什么好了，颜色有什么要紧的？大模样像了就成。我儿子很乖，从此，他再也不提橡皮泥的事情了。

大约半年后的一天，我下班回家，在桌子上，看到了儿子用橡皮泥捏的新作品。我不知是不是他特地摆在那儿的——一个胡萝卜，身体是蓝色的，叶子是黑色的。

我当时应该警醒的，可惜忙于工作，不愿分心，就装作什么也没有看到。

从此，儿子再不捏橡皮泥了，我也渐渐把这件事淡忘了。直到他长大成人，几十年当中，我们都再没提过橡皮泥这个词。

前几天搬家，从尘封的旧物中滚出一个铁蛋似的东西，我捡起一看，原来是那个蓝色的萝卜。谁也不知道它是怎样被保存下来的。我把它放在手心，还感到儿子当年的无奈。我从中听到了强烈的抗议和热切的渴望。我想赎回我当年的粗暴和虚荣，想完成我曾经答应过的承诺……

她说到这里，头深深地埋下了，花白的头发像一帘幕布，遮住了她的眼睛。

老妇人抱着橡皮泥桶，缓缓地走了。我也随之选定了一件礼物，离开了商场。我决定，在送给小朋友生日礼物的同时，送给他的妈妈一个故事。

只听得售货员在后头喃喃地低语，谁知她的儿子还记得这回事不？会原谅他妈妈吗？

被老师读作文的时候

我小的时候，作文很好。主要是我爱写得与众不同。比如说老师出了个作文题，叫"一次谈话"。一般的同学写的都是自己做了一件错事，被爸爸妈妈或是其他的长辈批评了一顿，于是铭记在心等等。也有写同学之间闹了点小误会，一谈心就和解了的。这两种写法我都想到了，可我想写一次更奇妙的谈话。想啊想啊，我就设想通过电话同一位非洲的黑人小朋友谈话，谈他们的苦日子和我们的幸福生活。其实这个想法有很不合理的成分在内，一个当奴隶的黑孩子怎么会有电话呢？但当时是小学生的我，可想不到这么多，只顾按照自己的想象写下去。

我们的语文老师是山东大学中文系毕业的，对我这些有漏洞也有一点新意的小作文，给了很好的评语。王老师不止一次给我的作文批过"5+"的分数，还经常在课堂上读我的作文。

被老师读作文的时候，心情像一颗怪味豆。最初当然是甜的了，哪个学生不愿意受到老师的夸奖？可慢慢地，咸味和涩味就涌上心头。

首先是我觉得自己写得很不好，应该写得更好一些。特别是老师那些表扬的话，仿佛椅子上堆满了图钉，叫人不敢坐踏实。

最主要的是下课以后，同学们的神情怪怪的。"哦——哦——老师又用时传祥掏粪的勺子刳（夸）毕淑敏啦！"那时候我们刚学过一篇掏粪工人的课文，在北方话里，刳与夸同音。全班同学好像结成了孤立我的统一战线，跳皮筋，两边都不要我。要知道平日里，因为我个子高，跳得又好，大伙都抢着跟我一拨呢！我和谁说话，她会装作没听见扭身走开，然后故意跟别的人大声说笑，一块儿边说边看着我。

在我幼小的心里，第一次懂得了什么叫孤独，什么叫被嫉妒。

这样的日子一般持续两三天，就会过去。一来是孩子们毕竟小，容易健忘。二来我那时是大队长，人缘挺好，大伙有事都爱找我。

作文每两周讲评一次，我便要经受一次精神的炼狱。

怎么办呢？

我想到的第一个办法是：从此不要把作文写得那样好。我开始挺随意地写作文，随大流，平平淡淡。果然，王老师不再念我的范文，同学们也和我相亲相爱。正在我很得意的时候，王老师找我了，"你的作文退步了，是不是骄傲了？"我执拗地保持沉默，不是不愿意告诉老师原因，而是不知道怎么说。假如我说了，老师会在班上把同学们数落一顿，（她会的，她的脾气很急躁。）那我的处境就更糟了。

我讨厌打小报告、告密的人。

王老师苦口婆心地开导我半天。虽说不是对症下药，我还是受到了教育。我想不能这样下去，我不应该用学习赌气。

于是我又开始认认真真地写作文，争取每一篇都写得不同凡响。王老师是满意了，可同学们敌视的恶性循环又开始了。

就没有一个万全之策了吗？

我小小的脑筋动了又动，我发现同学们并不是讨厌我的作文。老师念它们的时候，大伙听得津津有味，不时还发出会意的笑声。同学们只是不喜欢老师反反复复只提一个名字：毕淑敏。

在我年长以后，我知道在心理学上，这种情况叫作"压抑"。同学们为了宣泄自身的情绪，把不满的火焰转移到了我的身上。

我当时自然是不懂这些的。我只觉得自己按老师的要求好好学习，并没有得罪谁，为什么大家伙要和我过不去？

又要写好作文，又要和大家处好关系，小小的我好累。

我终于想出了一个办法。

在一个冬天的下午，我走进教师办公室。我记得清清楚楚，炉火烧得很旺，炉台上方有飘飘袅袅的热空气在流动，使王老师的身影像在一幅水帘子后面。

心里的话已经憋了很长时间，下午又有作文课，不说不行了。

我小心翼翼地说："王老师，我最近的作文有进步了吗？"

退回三十年，老师的威严比现在要强大得多。我的这个办法非得老师答应才成，因此心里发虚。"噢，你近来写得不错。今天下午我还要读你的作文。"王老师说。

"我有一个小小的请求……"我战战兢兢地说。

"什么事，你说好了。"王老师的眼睛明亮地注视着我。

"我想……您念我的作文的时候……是不是可以……不念我的名字……"我鼓足勇气说完蕴藏在心中许久的话。

"为什么？我当了这么多年的老师，还是第一次听到这种要求。你总不能让同学们觉得那是一篇无名氏写的东西吧？"王老师有些不耐烦了。

我知道王老师会这么说的，要说服她可不是一件容易的事。索性一不做二不休，我镇静下来，一板一眼地说："我觉得您读谁的作文，主要是看文章写得好不好。至于是谁写的，并不重要。不说名字，您让大伙讨论的时候，没人拘着面子，反倒更好说意见了。我也好给我自己的作文提不足之处……"

我说的都是实话。只是最重要的理由我没有说：我想为自己求一份心灵的安宁。

"你说的有一些道理。好吧，让我们下午试一试。"王老师沉吟着答应了。

那天下午的情形，一如我小小的心所预料的。同学们充满了好奇，发言比平日热烈得多。下课以后，我和大伙快活地跳皮筋。

"嗨！毕淑敏，今天念的范文是你写的吧？"有人问我。

"还能老是她写得好哇？我看今天一准是旁人写的。"有人这样说。

我一概只笑不回答。问得急了，我就说："我猜像是你写的。"

从此以后，我的作文越写越好，和同学们也能友好睦邻。

我至今不知道这算是少年人的机智还是一种早熟的狡猾。它养成了我勤奋不已而又淡泊名利的性格。

但长大以后，看到一则名人名言："走自己的路，让人们说去吧！"我想那是一种更积极更勇敢的生活态度。

只是我小时候，就是听到了这句教导，也未必敢照着去做。因为我是太珍视同小朋友们无忧无虑跳皮筋的机会了。

离太阳最近的树

所有的味蕾，像听到了军号，骤然怒放。

口颊的每一丝神经，都惊喜地蹦跳。

天啊，离散了几十年的老朋友，

在此狭路相逢相拥相抱。

甘暖依然啊，温润如旧。

离太阳最近的树

30年前，我在西藏阿里当兵。

阿里，平均海拔5000米，冰峰林立，雪原寂寥。不知是神灵的佑护还是大自然的疏忽，在荒漠的褶皱里，有时会不可思议地生存着一片红柳丛。它们有着铁一样锈红的枝干，凤羽般纷披的碎叶，偶尔会开出谷穗样细密的花，对着高原的酷寒和缺氧微笑。这高原的精灵，是离太阳最近的绿树，百年才能长成小小的一蓬。到藏区巡回医疗，我骑马穿行于略带苍蓝色调的红柳丛中。曾以为它必与雪域永在。

一天，司务长布置任务——全体打柴去！

我以为自己听错了，高原之上，哪里有柴？

原来是驱车上百公里，把红柳挖出来，当柴火烧。

我大惊，说，红柳挖了，高原上仅有的树不就绝了吗？

司务长回答，你要吃饭，对不对？饭要烧熟，对不对？烧熟要用柴火，对不对？柴火就是红柳，对不对？

我说，红柳不是柴火，它是活的。它有生命。做饭可以用汽油，可以用焦炭，为什么要用高原上唯一的绿色！

司务长说，拉一车汽油上山，路上就要耗掉两车汽油。焦炭运上来，一斤的价钱等于六斤白面。红柳是不要钱的，你算算这个账吧！

挖红柳的队伍，带着铁锨、镐头和斧头，浩浩荡荡地出发了。

红柳通常都是长在沙丘上的。一座结实的沙丘顶上，昂然立着一株红柳，它的根像巨大章鱼的无数脚爪，缠附至沙丘逶迤的边缘。

我很奇怪，红柳为什么不找个背风的地方猫着呢？生存中也好少些艰辛。老兵说，你本末倒置了，不是红柳在沙丘上，而是因为有了这棵红柳，才固住了流沙。随着红柳的渐渐长大，被固住的流沙越来越多，最后便聚成了一座沙山。红柳的根有多广，那沙山就有多大。

啊，红柳如同冰山，露在沙上的部分只有十分之一，伟大的力量埋在地下。

红柳的枝叶算不得好柴火。它们在灶膛里像闪电一样，转眼就释放了，炊事员说它们一点后劲也没有。真正顽强的是红柳强大的根系。它们如盘卷的金属，坚挺而富有韧性，与沙砾粘得如同钢筋混凝土。一旦燃烧起来，持续而稳定地吐出熊熊烈焰，好像把千万年来从太阳那里索得的光芒，压缩后爆裂出来。金红的火焰中，每一块红柳根，都长久地维持着盘根错节的形状，好像傲然不屈的英魂。

把红柳根从沙丘中掘出，蕴含着很可怕的工作量。红柳与土地生死相依，人们要先费几天的时间，将大半个沙山掏净。这样，红柳就枝丫遒劲地腾越在旷野之上，好似一副镂空的恐龙骨架。这时需请来最有气力的男子汉，用利斧，将这活着的巨型根雕与大地最后的联系——斩断，整个红柳丛就訇然倒下了。

连年砍伐，人们先找那些比较幼细的红柳下手。因为所费气力较少。但一年年过去，易挖的红柳绝迹，只剩那些最古老的树灵了。

掏挖沙山的工期越来越漫长，最健硕有力的小伙子，也折不断红柳苍老的手臂了。于是人们想出了高技术的法子——用炸药！

只需在红柳根部，挖一条深深的巷子，用架子把火药放进去，人伏得远远的，将长长的药捻点燃。深远的寂静之后，只听轰的一声，再幽深的树怪，也尸骸散地了。

我们风餐露宿。今年可以看到，去年被掘走红柳的沙丘，好像做了眼球摘除术的伤员，依旧大睁着空洞的眼睑，怒向苍穹。但这触目惊心的景象不会持续太久，待到第三年，那沙丘已烟消云散，好像此地从来不曾生存过什么千年古木，不曾堆聚过亿万颗沙砾。

听最近到过阿里的人讲，红柳林早已掘净烧光，连根须都烟消灰灭了。

有时深夜，我会突然想起那些高原上的"原住民"，它们的魂魄，如今栖息在何处？会想到，那些曾经被固住的黄沙，是否已飘洒到世界各处？从屋顶上扬起的尘雾，通常会飞得十分遥远。

山妖的阶梯

快到挪威边界了，导游莉雅说，可以买一些山妖带回国。我说，山妖是什么？莉雅说，你马上就能见到了。进得店中，只见无数个怪模怪样的玩具龇牙咧嘴地瞅着你，好似一头扎进了外国的花果山。

莉雅说，北欧人喜爱的神话人物"Troll"，俗名就叫山妖。山妖的长相实在不敢恭维，披头散发，青面獠牙，个子都很矮，红蒜头鼻，尖耳朵，大肚皮，牙齿参差不齐，手指和脚趾都只有八个。有的两个头，有的三个头，头上长着青苔和树木，甚至还会长出一些小山妖。有的干脆只有一只眼睛。全身披满破烂的长毛，还长着像牛一样的尾巴。最惊人的是比大象还长的鼻子，据说是熬粥时用来当勺子用的。

我对莉雅说："山妖这么难看，一定也很凶恶。"莉雅说："不。山妖虽丑陋，但心地很善良，天性活泼，常受到小孩愚弄，智商好像不太高。有时也会搞出些恶作剧，谁要是得罪了山妖，他就会报复或戏弄你。如果和山妖和睦相处，就会得到善报。"

山妖也有软肋，就是只能昼伏夜出，见不得太阳。他们如果贪玩，忘了在天亮前躲起来，就会被阳光化为空气或山石。山妖精于手艺，能制作各种武器和家庭用品，并在上面刻符咒，人们若错用他们的家什，就会遭殃。

说了这么半天，你是否能想象出山妖的模样？如果还感觉困难，我就给你打个比方（这个比方没有向专家求证过，如果错了，责任自负）。我觉得白雪公主故事中的七个小矮人，就是山妖一族。你看，他们居住在密林中，有自己专用的锅碗瓢勺和小床，不喜欢外人闯入和打扰，心地善良，乐于助人。这些岂不都暗合了山妖的秉性？

据说山妖是挪威最早的原住民。他们有家庭，分部落，甚至还有自己的国王。森林小湖的山妖叫"纳啃"，居住在瀑布和磨坊中的山妖多才多艺，擅长拉小提琴，名叫"弗色格里门"（"丑陋的瀑布人"）。这个山妖还是个教授，听说一个挪威小提琴家曾拜师其门下。一般的山妖身材矮小，但在北方的海里，有一种叫"德捞根"的庞大山妖，十分恐怖。山妖安贫乐道，像柴堆、菜园、仓库、马厩和牛棚，都是他们安居乐业的地方。

在哈丁格高原，我们的汽车穿行于白雪皑皑的山峰，地面上蹲踞着乱石，听说都是山妖的化身。山路旁，错错落落地插了些粉红色的小球，这是当地百姓供给山妖的玩具。

传说山妖很喜欢喝粥，长鼻子可当搅拌器用。我和山妖有同感，是喝粥爱好者，只不过对以鼻当勺略有微词。如果伤风感冒了，涕泪交加，恐不相宜。我把这顾虑同莉雅讲了，莉雅说："估计山妖是半人半神之体，并不罹患寻常的病痛。"

山妖也有很多法力，可以化成美女，如同《聊斋志异》中的狐狸精，引诱年轻的男子进山。不过，识别他们，也有法宝。山妖是有破绽的，如果你去北欧旅游，在人烟稀少的地方碰到曼妙的姑娘，一定要留意她身后是否有毛茸茸的尾巴。进山的女子也不可大意，有些雄山妖也会劫持漂亮的姑娘进山洞，从此音讯渺茫。

挪威戏剧大师易卜生的名作《培尔·金特》里，便有主人公遭山妖戏弄的场景——培尔无意间闯入山妖的洞窟，因拒绝与妖女成婚，遭众妖凌辱与折磨，差点丧命，幸而传来黎明的钟声，妖魔才星散而去。

山妖也分成三六九等。他们生性慵懒，但循规蹈矩；他们反应木讷，但天真善良；他们离群索居，偏又呼朋唤友；他们远离人，又和人有着千丝万缕的联系……因为山妖是名副其实的草根阶层，所以才受到百姓的广泛喜爱。

据专家考证，挪威利勒哈默尔市区北边的自然公园，是山妖的家乡，而在举世闻名的盖伦格峡湾，还有令人毛骨悚然的"山妖的阶梯"。

我很喜欢"山妖的阶梯"这个名字，缠着莉雅问可否绕道一看，莉雅说那就是极险的悬崖公路，位于鲁姆斯达尔山谷，一弯又一弯，近乎垂直地从山顶盘旋而下。十二道山弯像是一条极细的铂金链"挂"在山间。因正在维修，我们无法抵达。看我失望，她说，今天的山路其状之险，也相当于"山妖的阶梯"了。

莉雅所言不虚。山路狭窄，雪峰林立，以我曾在西藏阿里攀山越岭的经验，也不得不惊叹这行程的陡峻。跋涉数小时后登到顶峰，俯瞰峡湾景致。挪威峡湾是被联合国教科文组织列为世界游览者评价第一的旅游之地。清冽似冰的山风把衣衫吹得鼓胀如帆，刀削斧劈的孤悬绝壁之下，一泓碧蓝的海水，宛若仙境，美到令人眩晕。你会仰天长叹，相信此处绝非常人的居所，只能是山妖出没的属地。

冻顶百合

世界上有没有冻顶百合这种花呢？在我写这篇文章之前是没有的，虽然它很容易逗起一种关于晶莹香花的联想，其实是一个拼凑起来的蹩脚词语。

那一年到台湾访问，台湾作家为我们安排了丰富多彩的观光旅游项目，其中当然少不了阿里山日月潭这些经典的风光所在。

记得那天去台湾岛内第一高峰的玉山，随着公路盘旋，山势渐渐增高。随行的一位当地女作家不断向我介绍沿路风景，时不时插入"玉山真美啊！"的感叹。

玉山诚然美，我却无法附和。对于山，实在是"曾经沧海难为水"啊！十几岁时，当我还未曾见过中国五岳当中的任何一岳，爬过的山峰只限于北京近郊500米高的香山时，就在猝不及防中，被甩到了世界最宏大山系的祖籍——青藏高原，一住十几年，直到红颜老去。

青藏高原是万山之父啊，它在给予我无数磨炼的同时，也附赠一个怪毛病——对山的麻木。从此，不单五岳无法令我惊奇，就连漓江的秀美独柱，阿尔卑斯的皑皑雪岭，对不起，一概坐怀不乱。我已经在少女时代就把惊骇和称誉献给了藏北，我就无法赞美世界上除了冈底斯山、喀喇昆仑山、喜马拉雅山以外的任何一座峰峦。朋友，请原谅我心如止水。由于没有恰如其分的回应，女作家也悄了声。山势越来越高了，蜿蜒公路旁突然出现了密集的房屋和人群。也许是为了挽救刚才的索然，我夸张地显示好奇：这些人要干什么？

这回轮到当地作家淡然了，说："卖茶。"

我来了兴趣，问："什么茶？"

女作家更淡然了，说："冻顶乌龙。"

我马上兴致勃勃地说："冻顶乌龙可是台湾的名产啊，前些年，大陆很有些人以能喝到台湾正宗的冻顶乌龙为时髦呢！"说着，我拿出手袋，预备下车去买冻顶乌龙。

女作家看着我，叹了一口气说："就是爱喝冻顶乌龙的人，才给玉山带来了莫大的危机。"

"为什么呀？"我大不解！

女作家说，台湾纬度低，通常不下雪也不结霜。玉山顶峰，由于海拔高，有时会落雪挂霜，台湾话就称其"冻顶"，乌龙本是寻常半发酵茶的一种，整个台湾都有出产，但标上了"冻顶"，就说明这茶来自高山。云雾缭绕，人迹罕至，泉水清冽，日照时短，茶品自然上乘。

冻顶乌龙可卖高价，很多农民就毁了森林，改种茶苗。天然的植被遭到破坏，水土流失。茶苗需要灭虫和施肥，高山之巅的清清水源也受到了污染。人们知道这些改变对于玉山是灾难性的，但在利益和金钱的驱动下，冻顶茶园的栽培面积还是越来越大。她没有别的法子爱护玉山，只有从此拒绝喝冻顶乌龙。

女作家忧心忡忡的一席话，不但让我当时没有买一两茶，事到如今，我再也没有喝过一口冻顶乌龙。在茶楼，如果哪位朋友要喝这茶，我就把台湾女作家的话学给他听，他也就改换门庭了。

又一年，我到西北出差，主人设宴招待，侍者端上一道新菜，报出菜名"蜜盏金菊"。纷披的金黄色菊花瓣活灵活现，袅娜多姿，像千手观音，撩动着我们的眼睫毛和鼻翼，共同化作口中的津液。

大家纷纷举筷，赞不绝口。没想到坐在身边的一位植物学博士却义愤填膺地说道："菊花瓣纤弱易脆，根本经不起烈火滚油。这些酷似菊花的花瓣，是百合的根茎雕刻而成的。"而百合这种植物，是植物中的山羊。

大家实在没法把娇美的百合和攀爬的山羊统一起来，充满疑虑地看着博士。

博士说："山羊在山上走过，会啃光植物，连苔藓都不放过。百合需生长在山坡疏松干燥的土壤里，要将其他植物除净，周围没有大树遮挡……几年之后，土壤沙化，农民又开辟新区种植百合。

百合虽好，土地却飞沙走石。"

从此，我家的花瓶里，再没有插过百合，不管是西伯利亚的铁百合还是云南的豹纹百合。在餐馆吃饭，我再也没有点过"西芹夏果百合"这道菜。在菜市场，我再也没有买过西北产的保鲜百合，那些白白净净的百合头挤在一起，好像婴儿高举的拳头，在呼喊着什么。

一个人的力量何其微小啊。我甚至不相信，这几年中，由于我的不吃不喝不买，台湾玉山上会少种一寸茶苗，西北的坡地上会少开一朵百合，会少沙化一管黄土。

然而很多人的努力聚集起来，情况也许会有不同。我在巴黎繁华的服装商店闲逛，见到我在打折的皮衣前驻步，同行的朋友以为我想买，赶紧拉我离开，小声说："拜托别买！我一直感觉，穿动物皮毛的人是野蛮人。"

努力，也许就会有意想不到的力量出现。墙倒众人推一直是个贬义词，但一堵很厚重的墙要訇然倒下，是一定要借众人之手的。

印第安公主

旅行在外，总睡不踏实。半夜醒来，拉开窗帘，猛见漫天银白，雪片席卷。我有一个小爱好，常爱在半夜醒来，偷窥一座城市。人像浮沙，白天虚罩在城寰之上。夜里用黑黝黝的五指将绝大多数人拂开，露出城市的真容素颜。

自打别离西藏阿里，我已经没有见过这样的大雪了。在加拿大的卡尔加里城，与暴雪相逢。

只是，这里的雪，和当年阿里的雪，可有血缘？藏北高原是世界的制高点，那里的水，蒸腾翻飞，一站站迁徙，许多年后，走到西半球的异国，也算不上太快。

凭窗远眺，凄清路灯下，一只小动物在雪地上欢快蹦跃。起初我以为是一只兔，仔细看了，才发现是一只野狐。加拿大地广人稀，人和动物谐生共存，在城市中看到动物，比如鹿或熊，都不见怪。此地的垃圾箱配有很复杂的铁盖子，巧设机关，需要费一番手脚才能打开，据说有的干脆上了锁。我刚开始挺奇怪，心想每个倾倒垃圾的人，都怀揣一把钥匙，这也忒烦琐。害怕有人偷垃圾吗？既然你都抛弃的东西，别人看上眼拿走了，还保护环境和废物利用呢。干吗这么小气！

当地朋友告诉我说，垃圾箱上锁，不是为了防人，是为了防止动物偷吃。垃圾箱里总会有食物的残渣，漫游城市的动物如果可以轻易得到这些食品，它们就会养成习惯，一天到晚进城晃荡，给城市的居民带来安全上的隐患。再加上丢弃的食物，很多是带有病菌甚至腐败的，会对动物的身体产生不利影响，打断它们千百万年来养成的食物链，是十分危险的事情。

于是，感佩。

这只雪狐想来格外聪明吧！它也许能找到没有上锁的垃圾箱？或者，它心知肚明某家面包店有一个库房，留有一条小径，可以容它钻进去饱餐？抑或它只是喜欢城市突然从灰黑变成了银白，愿意在这漫天的保护色中徜徉而毫不担忧？倘若危险靠近，它只要就地一滚，便只剩下浑然一体的银白。

盯窗时间长了，我双眼迷蒙。因这雪和狐，再也无眠。

按照原计划，我们今天要到一个被称为"野牛碎颅崖"的地方去参观，距离大约有200千米。

北美野牛体形巨大，黑毛纷披，简直是牛魔王的化身。我生性并不胆小，且在西藏看到过野牦牛，对大个头的野生动物，自信有点儿免疫力。但在当地博物馆里看到野牛标本时，还是手脚冰凉。

离太阳最近的树

它魁梧凶悍，身躯伟岸，牛眼圆睁，弯角如弓，四蹄圆硕如盆，紧扣大地，每根牛毛都蕴含着倒海翻江的力量，黑暗的毛皮好像能吸收一切光线，如同披着黑色大氅的移动山脉，充满令人恐惧的庄严感。

"野牛碎颅崖"曾是黑脚印第安人的故乡。我当年在马斯洛的书里第一次看到这个名称的时候，以为这拨印第安人的脚踝黝黑，得此命名。其实另有一番故事。早年间的某一天，印第安人的族群人口太多了，他们决定把整个部落一分为三。第一批人马走过一片已被烧过的草原，于是脚底板和脚踝都染黑了，从此这一拨人被称作黑脚印第安人。第二批人马在野地里采用野莓，把手、口都染红了，所以被称作血族印第安人。第三批人马的命名出处我忘了，遗憾。我更喜欢血族这个称呼，充斥着悲壮之感，虽然野莓的红和鲜血的红有所不同。

黑脚印第安人主要分布在加拿大的艾伯塔省和美国的蒙大拿州，现共有3万余人。他们曾是美洲西北平原上最勇敢、最强大的部落。冬天的时候，他们在河谷分散居住，以熬过酷寒的气候。到了夏天，就会聚集起来，举行隆重的太阳祭。

2000年，我在美国与一位印第安人的心理学女博士聊天。她说，马斯洛的"需要层次论"，正是马斯洛在和印第安人的亲密接触中形成的。犹如达尔文搭乘"小猎犬"号经过加拉帕戈斯群岛，奠定了他关于物种起源的伟大论断。

马斯洛生于1908年，因心脏病突发，逝世于1970年，仅62岁就离开了人间。他是美国著名的哲学家、社会心理学家、人格理论家、比较心理学家，是人本主义心理学的主要创始人。他是对人类产生了重要影响，而且还将产生长久影响的伟大的心理学家。他在心理学界的影响，堪比爱因斯坦在物理学上对人类的贡献。

马斯洛和黑脚印第安人的友谊源远流长。起初，他认识了一个名叫"黄苍蝇泰迪"的黑脚印第安人。泰迪50岁上下，母亲是黑脚印第安人，父亲是中国人（按照中国人的算法，这个人应该算是中国人啊）。

泰迪的父亲原本是一名铁路工人，铁路修好以后，他在镇上开了一家店，泰迪从小在保留区的边界长大，后来上了加拿大的一所农学院，成为部落议会中受教育程度最高、英语讲得最好的长老。他热爱学习，学识相当渊博，还有一辆自己的车。

令马斯洛钦佩不已的，是他的仁慈和慷慨。

每当有族里的人向他借车，泰迪二话不说，马上就掏出钥匙。身为车主的泰迪不但要付油费、修轮胎，有时候还要到保留区中间救出那些不怎么会开车的人。拥有全部落唯一的车，没有给泰迪招来嫉妒、恶意或敌视，反而为他带来了骄傲、喜悦和满足。族人都很庆幸他有这部车。

马斯洛看到，黑脚印第安部落中的人贫富差距很大。为了正确理解财富和安全感之间的关联，他开始调查哪些人是黑脚印第安部落标准下的有钱人。

他先是问保留区的白人干事——谁是当地黑脚印第安人当中最富有的人？白人干事说了一个名字。马斯洛一愣，因为从未听当地黑脚印第安人说起过这个人。白人干事很肯定地说，按照登记表上的记载，这个人名下牲畜的数量，绝对是全部落最多的。

马斯洛带着疑问向当地黑脚印第安人请教。当提到这个牛马多的人的名字时，当地人很不屑地说："这个人不跟别人分享，怎么能算是富有的人！"马斯洛恍然大悟，在黑脚印第安人的评判标准中，不跟别人分享的人，无论他的财富数字有多少，都不能算是富有的人。富有并不等同于财富的累计，只有表现慷慨、乐于助人、让族人引以为傲的人，才能获得族人最高的钦佩、尊敬与爱戴，这才是真正的富足。

黑脚印第安人认为只是累积财产，一点儿意义也没有。唯有通过施舍，一个人才能在部落中获得真正的威望和保障。在黑脚印第安人眼中，最富有的人就是施舍最多的人。而且，偶尔一次的施舍并不算数，必须持续不断地为众人付出。马斯洛感叹，他在这群近乎文盲的印第安人身上，看到了具有高度道德情操与利他思想的财富观。

每年的6月底，是黑脚印第安人太阳祭的日子，这是黑脚印第安人一年当中最重要的庆典。人们先把部落里所有的帐篷围成一个大圈圈，有钱人则将许多毛毯、食物以及各式各样的东西高高堆起，一个人去年积攒了多少财产，这时候要尽量把它们堆起来供众人选用。

当祭典进行到某个阶段，有人就会依照黑脚印第安人的习俗，昂首阔步地走上前，开始述说自己的成就。他会很自豪地说："我的成就、我的聪明才智、我成功的事业以及我的富裕，你们都很清楚。"然后，他开始把堆积起来的财物分赠给寡妇、孤儿、盲人和病人们。当这个节日进行到最后，他所有的财物会分送一空，只剩下身上所穿的衣服。

黑脚印第安人的地位感、尊严和爱的感觉，在这个神圣的场合表现得淋漓尽致。他们终年劳累，省下很多钱，有的人甚至借债，为的就是在祭祀的庆典上施舍。那些拿出东西最多的人，在庆典过后很可能变得身无分文，但会受到整个部落的尊重。他"被定义为一个非常富有的人，他得到每个人的尊敬和爱，因而受益"。马斯洛因此震惊不已。

《纽约时报》曾这样评价马斯洛："马斯洛心理学是人类了解自己过程中的一块里程碑。"另外，还有这样的评价："正是由于马斯洛的存在，做人才被看成一件有希望的好事情。在这个纷乱动荡的世界里，他看到了光明与前途，他把这一切与我们一起分享。"

在没有读到马斯洛的人本主义心理学理论之前，我基本上是一个悲观主义者。我觉得做人是一件不好的事情，充满了苦难和未知。我并不多愁善感，但觉得这个世界无可救药。在学习了马斯洛的理论之后，我决定把人生过得丰富多彩，乐观地抵达终极。

让我们回到"野牛碎颅崖"吧。落基山脉深处连绵的山地，是印第安人祖祖辈辈聚集、繁衍的家园。为了维持生计，必须猎杀野牛。牛肉可以充饥，牛皮可以做成帐篷及衣服，牛粪可以生火取暖，牛的腱、骨和角可以制成工具。北美野牛是牛科动物中最大的成员，体重可达1吨。这个庞然大物可不是随意就能晾成肉干的。如何猎捕呢？黑脚印第安人发明出一种聪明的狩猎方法——让野牛跳崖。据说这种欺灭野牛的方法，相袭应用了5500年。所以野牛跳崖的地方并不仅指某一处，在北美大地上有很多处。加拿大艾伯塔省的这一处，崖长约300米，是世界上历史最久、面积最大和保留最好的野牛跳崖处。

人们看到"野牛碎颅崖"这个名字，常常以为指的是野牛从高堆坠下后，颅骨摔碎了。其实真实情况是——粉身碎骨的不是野牛，而是一位印第安少年。他血气方刚，为了展示超人的勇敢，当野牛群奔驰咆哮而来时，他独自跑到崖下，想第一时间收获野牛战利品。不料他靠得太近了，被坠落下来的野牛砸在头骨上，结束了年轻的生命。黑脚印第安人为了纪念他的"英勇"，将本地叫作"野牛碎颅崖"。

我无法考证这个故事的真伪，但心中久未平静。

不要把"野牛碎颅崖"想象成万丈深渊，那是观光者的一厢情愿，其实万丈深渊并不适合真正俘获猎物。想想看，如果野牛死在深不见底的峡谷里，下一步如何操作？野牛的尸体要进行分割处理，大块的肉被储存盐浸，牛皮和牛骨则分别制成衣服和劳动用具，这些都需要迅速处理，时间长了就会腐败。所以，山不在高，能摔死野牛即可。"野牛碎颅崖"的最高点离谷底仅12米，只有3～4层楼高。在方圆1千米的范围内，星星点点地散布着贮肉窖和灶坑遗迹，当年印第安人在此加工野牛肉，据说用古法制作的肉干可保存几年不坏。

从1938年开始，美国自然历史博物馆对这里进行了深入发掘。工作一直进行了九年，他们从四周地形地貌入手，复原了当年印第安人的活动画面。

工作是卓有成效的，让今天的人们得以进入古代印第安人的思维，明白了为什么这里成为野牛的坟场。"野牛碎颅崖"的西部，有方圆40平方千米的积水沼泽盆地，生长着茂密的青草，也有丰富的水源，是野牛上好的栖息地。从春到夏，从夏到秋，绿草如茵，为野牛提供足够的营养大餐。然后是长达14千米的由绵延不断的石块堆成的巷道，它直通碎颅崖，成为野牛死亡前的序曲。印第安人集结狩猎时，先派出机灵的年轻人，学走失的小牛不停嘶叫，凄厉不已。野牛听到后，就会一步步跟随着叫声来寻找小牛。牛群被引到了死亡之路的入口处。这时候，预先埋伏好的大队人马突然出现在牛群后面，挥动着准备好的长巾，大声叫喊着吓唬野牛。牛群受惊，一路向前奔跑。驱赶越来越猛，奔跑越来越急。四蹄奔腾中野牛跑至悬崖前，巨大的惯性让野牛径直向前，画一条弧线，坠下崖底粉身碎骨。

5500年的追赶，5500年的杀戮，总算要告一段落了。印第安人为了生存，对野牛的猎杀只是生活必需的一部分。野牛真正的苦难，来自西方人进入北美之后；他们酷爱打猎，酷爱征服，对野牛进行了大规模的屠戮。北美野牛在加拿大一度濒临灭绝。"野牛碎颅崖"于1981年被联合国列入《世界遗产名录》，环保加强，北美野牛的数量逐渐增加，种群得到恢复。

突然发生了一件奇怪的事情。工作人员在对"野牛碎颅崖"进行例行检查时突然发现悬崖下出现了一具野牛的尸体。人们惊诧莫名，几十年没有野牛在这里跳下去过了，这头野牛为什么坠落山崖？好在只有一头牛死亡，人们把它解释为意外。2002年，连续发现了三头野牛离奇死亡，尸体有被狼、狐、熊啃食的痕迹。管理人员立刻紧张起来，先是怀疑有人盗猎，抑或有人故事听多了，开始模仿印第安人，重复古老而残酷的游戏。调动警力，监视"野牛碎颅崖"的动态，结果显示并没有可疑的人搞恶作剧。事情还没有完结。2003年至2004年，又有几头野牛坠下悬崖死亡，人们不得不怀疑野牛是否有自杀情结？如果不是自杀，那么是谁杀害了强大的北美野牛？

百思不得其解，管理人员只好启用现代化的监控手段，在"野牛碎颅崖"附近，安装了多处监视摄像装置。2005年2月，野牛坠崖之谜终于解开。一群北美狼模仿当年的印第安人，将一头野牛驱赶到了石头巷道内。古老的石头巷道虽然残破，但并没有失去实用功能。野牛在巷道内左右冲撞，见缺口就钻，方位感变得混乱。野牛奔跑时是低头向前，它冲上悬崖，想"刹车"已经来不及，一个趔趄就栽了下去。看见野牛栽下去了，狼群迅速下到谷底，饕餮分食。

看罢摄像画面，管理人员大吃一惊，没想到这古老的遗迹竟然能被狼群利用，继续猎杀野牛。对此事的分析，动物专家分成了两派。一派认为，北美狼是印第安人利用"野牛碎颅崖"猎杀野牛的观众和既得利益者。多少年来，它们不断观望这个过程并且也分得残羹剩骨。狼是很聪明的，印第安人数千年的演示，让它们"看懂"并铭记了这里的奥妙。北美狼学到了这个方法，多少年来一直都在利用"野牛碎颅崖"猎杀野牛，只不过数量少而被人们忽视。另一派动物学家认为，北美狼是偶然为之，野牛数量增多了，狼在追逐野牛时将野牛逼上"野牛碎颅崖"是瞎猫碰上了死耗子，不要想得那么复杂。

不管怎么说，现在基本认为这个现象还属于狼的正常猎杀范畴，几头野牛坠崖不足以对野牛种群构成威胁，不必关闭"野牛碎颅崖"。不过，专家也表示，将密切注视北美狼的动向。一旦它们太猖狂了，坠崖的野牛数量达到警戒线，就要采取措施了。所以，如果你想看到这个独特的景观，还得早点儿去艾伯塔。

对野牛了解得越多，就越对黑脚印第安人的命运充满关切。

我将会见一位印第安公主。

说她是公主，不是因为她出生于显赫的印第安人酋长世家。印第安人崇尚平等，没有世袭的称号。她的父母都是普通的印第安原住民，家在印第安保留地。不过，她走出了保留地，上了大学，被选为当地的旅游公主。

漫天大雪中，我们见了面。

她盛装而来，身着印第安人的传统服饰。一件红上衣，下着兽皮绲边的长裙，颈戴白、黑、绿、黄珠子穿成的项链，项链上还系有各色银质的饰片，叮当作响。头上缀着五彩缤纷的羽毛，摇曳生风。红褐色的皮肤，浓眉大眼，秀发过肩，目光灵动。

她很年轻，只有20岁。虽然当选了旅游公主，按说见过不少场合，但仍有一点点紧张。我想让她放松一点儿，就说，你的衣服非常漂亮啊，走到街上，是不是很多人看你啊？

她高兴起来，说，每当我穿上民族的服装，就会很有自豪感。

我说，你的衣服上有这么多飞禽走兽的装饰，我想一定有很多含义。

她说，是啊。不同的部落，服饰上有细微的差别。别人看不出来，我们自己知道。我们崇尚自然，比如会画上或缝上鱼、羚羊、梅花鹿的样子……

她用了"缝上"这个词，准确传神。印第安人喜欢粗犷，但我们看惯了自己民族在丝绸上精雕细刻的绣活儿，乍一看这种风格，感觉煞是粗糙。不过，谁规定这个世界上只有精致是美，大刀阔斧就不是美了呢？

印第安公主继续讲解着她的衣服。这一身行头，简直就是印第安文化的博物馆。

她说，十字形花纹是为了辟邪，人形的图案代表强壮和美丽，贝壳代表大海，宝石代表高山……

我说，你常回印第安人的保留地吗？

她说，我小的时候一直在那里生活，现在也经常回去。不过，我觉得印第安人要有新的发展，所以我就到城里来上大学了。

我说，你学的是什么专业呢？

她说，我学的是经济和贸易。我觉得这对印第安人走出来特别重要。

我说，你是印第安女孩子的榜样。

盛装的印第安公主坐在我面前，我觉得好像在和中国的一位少数民族的姑娘聊天。她的眉眼和举止，都让我们之间有一种天然的亲近。

我说，你觉得咱们长得是不是有点儿像？

她一下子活泼起来，笑着说，真的有相似的地方。

我说，你到过中国吗？

她说，没有。但是，我想以后会有机会去的。

说到这里，她露出很神往的表情，说她奶奶到过中国。

我说，哦，那你奶奶对中国是怎样评价的？

她说，我奶奶说，在非常遥远的地方，有很多很多和我们长得很像的人。你以后一定要到那里去看看啊。

我的眼眶一下子湿润起来。印第安人是蒙古人种，他们迁徙到北美大陆，经历了那么多磨难，从驰骋山川大地的原住民，到迁居一隅的保留地土著，有着太多的辛酸和忧患。长久地沉浸在感伤和愤慨中，也许并不是最好的选择。这个印第安公主，既铭记自己民族的历史，也敞开襟怀去拥抱新的生活，才会在传承中注入新鲜的活力。

每当写到印第安人，我的心中总会壅塞很多忧伤。这个古老的民族，和我们不但有着血缘上的近似，在命运上也有一种前车之鉴的警醒。如果我们不是和欧美的殖民者距离很远，如果不是我们的民族人口众多、幅员辽阔，如果不是风起云涌的革命和无数志士仁人的牺牲，我们真有可能重蹈印第安人的历史悲剧。

印第安公主，我衷心地祝福你幸福。祝福你能在不远的将来的某一天，到中国来看一看。在这块曾和北美大陆一样富饶美丽的土地上，中华民族依然是这块土地的主人，说着我们自己的语言，用着我们自己的文字，发扬着我们自己的文化。这个世界原本就如此多元，为什么要用一种文化去征服另外一种文化，为什么要把这个世界上的文化分成三六九等？

我是一个彻底热爱中华文化的人，牵挂着它曾经的辉煌和后来的衰微以及期冀中的崛起。

轰先生的苹果树

第一次听说此次日本之行，要在长野县大豆岛的农民轰太市先生家住一天时，半是欣喜，半是忐忑。高兴的是可以由此深入普通的日本人民中，体验一下他们的生活，真是难得的好机会。不安的是，想象中的轰先生是一个很严厉的人，因为"轰"这个姓总使我联想起夏天的暴雨和闪电雷鸣。

一见到轰先生，我就乐了。他是一个非常和善的老人，矮而健壮的身材，好像北方的橡树。他的大脑门亮晶晶的，在明媚的秋阳下，闪着汗珠。他不像常见的日本人，嘴角总是抿得很紧，仿佛时刻都在思索，而是经常忘情地哈哈大笑，好像一个快活的大孩子。

轰先生的家是一所古老美丽幽静的和式住宅，斗拱飞檐，显出一种历史的沧桑感。院落里林木苍苍，各色常绿植物修剪得异常精致，仿佛放大了的盆景，表明了主人不同凡俗的雅趣。

轰先生一家为我们的到来，真是忙坏了。你想啊，一下子来了五个外国人，吃喝坐卧，不是一个小工程。轰先生的妻子绿女士和他的妹妹、儿媳扎着浆洗一新的围裙，为了我们不停地忙碌着。我们品尝着精美的日式菜肴，吃得非常开心。吃完饭，轰先生招呼我们沐浴。

我心中有些嘀咕：天这么凉，要是冻出感冒，再转成气管炎，异国他乡的，岂不麻烦？

没想到，轰先生一家为我们想得周到极了，先是大小浴巾，再是和式睡衣，最后干脆抱来了两大摞长短袖的棉睡袍，堆在地上，好像两座小山。我们全副武装穿在身上，面面相觑，不由得开怀大笑。打趣说，男的都像鸠山、女的都像阿信了。

我们在轰先生家度过了非常愉快的一天。老人家自己种稻田。他招待我们吃的米饭，就是亲手种出来的。我敢肯定地说，这是我平生吃过的最香的米饭了。

我们都夸老人家的米好。他笑眯眯地说，我种的柿子那才叫好呢，全日本第一。我们听了频频点头，心想这样善良勤劳的老人种出的柿子一定出类拔萃。

轰先生接着骄傲地宣布，他种的富士苹果是全日本第二。他说得是那样肯定，我不由得问：是不是进行过正规的全国评比，您的苹果得了银牌？

老人眨着眼睛笑起来说，全日本第一的苹果还没有长出来呢，因为没有第一，所以，我的苹果树就是日本第二了。

我们愣了一下，明白了老人家的诙谐与幽默，也会心地笑起来。

不管怎么说，看轰先生的自豪样儿，他的苹果树百里挑一那是没的说了。

吃了午饭，我们和轰先生的文友欢聚座谈。轰先生是作短歌的高手，又是短歌同人刊物《原型》的主编，亦农亦文，深受大家爱戴。

座谈会开得非常成功，但我心里一直惦记着轰先生的苹果树。说起来惭愧，从小到大，我吃过无数的苹果，但还从没有自己亲手从树上摘过苹果。没想到东渡扶桑，到日本的果园来摘苹果，这苹果又是全日本第二，真是一件有趣而又有意义的事情。

我们沿着乡间的小路，缓缓地向轰先生的果园走去。10月的日本晴空万里，干燥凉爽的秋风，带着苹果的甜香扑打着我们的衣襟。远处山峦上最初染红的枫叶，像拍红的手掌，在招呼着我们。

这一带是苹果产地，果然名不虚传。一株株精心培育的苹果树，迎风而立，硕果累累。小路四周的地面，银光闪闪。果树下的土地上都铺着雪亮的金属箔，好像无数面巨大的镜子，用以反射阳光，普照苹果的各个部位。这样结出的苹果不但颜色像玫瑰一般艳丽，而且含糖量高。果园的上空还罩着结实的尼龙网，刚开始我们还以为是防盗，后来一问，才晓得是为了防鸟啄食，这样才能保证每一个苹果都无褶无疤，玉润珠圆。

我一边走一边想，轰先生的苹果树既然是全日本第二，那他树下的银箔一定最亮，他树上的尼龙网一定最大，他的苹果一定像红宝石一般美丽。

正想着，轰先生停下脚步说，喏，到了，你们可以尽情地摘苹果了。

我定睛一看，吓了一跳。这实在是一片太平凡的苹果园。咳！甚至连平凡也算不上的。苹果树上没有遮天蔽日的尼龙网，苹果树下没有银光闪闪的金属箔，树不高大，果不繁密，在周围一大片人工精心雕琢的果园中，显得简朴而随意。树上的苹果因为没有接受到阳光各方面的照射，半边青半边红，远没有想象中那般夺目。

轰先生，这是您的苹果树吗？我半信半疑地问。

噢，我也不知道这是谁的苹果树。不过，你们摘就是了，保证没有人来管你们。别看这树上的苹果不大好看，可它的味道可好了。它里面有蜜！轰先生摇着他聪明的大脑袋，眨着眼睛说。

我们走进果园，七手八脚地开始摘苹果，站在苹果树下大吃起来。平心而论，轰先生的苹果还是相当优良的，甜脆爽口。但因为没有尼龙网和金属箔的养护，果皮上有小鸟啄过的黑斑点，味道也略略有点酸。

人真是不知足的动物。我一边大嚼着轰先生的苹果，一边紧盯着邻居家的果园，心想别人那边像红灯笼一样鲜艳的红苹果，该是更好吃吧。

我们吃饱了苹果，又摘了一兜，才迎着暮色回到轰先生的家。真应了那句中国老话：吃不了，兜着走。

丰盛的晚饭后，轰先生拿出纸笔，文人们开始舞文弄墨了。

我写诗是外行，站在一旁伸着脖子屏息欣赏。

轰先生写下他的一首短歌：

我闭着眼睛，四周一片寂静，

沿着阶梯，走向湖泊的深处，

那里，

有什么呢？

那一刻，四周真的变得十分寂静。听了轰先生的诗句，我的心灵深处有一根琴弦被触动，有一种温暖的感动壅塞喉头。

大家笑着追问老人，在湖底到底会有什么呢？

恰在这时，轰先生的妻子绿女士来为我们送茶，轰先生遂一本正经地回答，那里有美人啊！说着，亲热地拍了绿女士一下。

我们大笑，为了轰先生的风趣和他美满幸福的一家。

在轰先生家的榻榻米上安睡一夜。清晨，要告别了，大家恋恋不舍地分手。我为轰先生写下了这样一句话："您使我想起了中国神话中的山野仙翁。"

到了东京，在车水马龙的城市人流里，在扑朔迷离的霓虹灯下，我又拿出轰先生的苹果端详。它朴素天然，携一种大自然的清新空气。这其中又注入了轰先生对中国人民的深情厚谊，越发显得沉甸甸了。

我坚信，它是日本第一的苹果。

曼德拉的铅笔

女友自南非旅游归来，送我两件礼物。第一件，花锡箔包着，缎带系着。体积圆圆，若二两重的芝麻烧饼。我说，这是什么呢？南非特产？该不是送我这样大的一块钻石吧？

她轻声道，比钻石还要宝贵。

看女友轻柔的样子，好像锦盒之中藏着一只冬眠的蝴蝶。很想把这份神秘感带回家，隔山买牛细细猜测。但时下西风东渐，兴的是当面锣对面鼓地敲开礼物，然后受礼者做出兴奋得昏过去模样，夸张地赞叹，于是主客皆大欢喜。

只好将美丽的包装撕开。一坨晶莹剔透的玻璃芯，果真有一种未知物的标本，静静地潜伏在胆内。绿灰色，丝缕状，螺旋形，有依稀的纤维纹路浮现着，仿佛一圈华贵的水藻，凝固于北极寒冰中。

无法判断它的属性。急翻背面的说明签，看到一行触目的英文——BULLSHIT!

无论怎样顾及礼貌，我还是难以掩饰大惊失色。我们常常在电影斗殴里，听到这句粗口，它的大致含意是——粪便！

朋友说：这是野生的非洲大象的粪便。由于象群越来越少，它也成为奇特的纪念品。大象这种地球陆地上最庞大的生物，只因为牙的精美，被人们无穷无尽地猎杀，陷入灭顶之灾。据说大象为了维持自身的安全，它们的牙已缩得越来越短。不知道造化的法则，能否给象族以足够的时间，使它们在人类的枪口，击毙最后几对象夫妇之前，让祖传的长牙完全消失？那虽然顿减壮美，好歹保下种群的延续。可怕的是，也许到了下一个世纪，我们的后代会对着这盒标本说，哈！这是什么……不可能！哪一种动物会有如此粗大的排泄物？必是外星人遗下的无疑！

物种的生命之链，比钻石要宝贵千倍啊。

朋友又拿出一沓照片，指点着给我讲南非的桌山和迷城，讲原名叫作"风暴角"，后来为了讨吉利，改叫"好望角"的非洲最南端，讲曼德拉所在的总统山和他曾被监禁的鲁宾岛……你看，这就是总统府啊，很平和的样子，是不是？曼德拉上班的时候，就把一面南非国旗，从办公室窗户里探出来，表示他正在此处理公务，老百姓要是有什么事，可以约了去见他。如果国旗不飘了，说明曼德拉这会儿暂时不在……喏，我把一支曼德拉国度的铅笔送给你。

我接过第二件礼物。它没有包装，裸着身肢，外观同所有铅笔一样，纤细挺秀，掂在手里，却颇有几分重量。前半部很普通，木质包裹着石墨芯，常规模样。后半截却首尾相异，改成塑料造的中空管，管里灌满了南非岩石的碎渣滓，五颜六色，绚丽多彩。一块小小的橡皮头，堵住了塑料管开口处。既是塞子，又可涂擦纠错，保留了古典铅笔的功能。

我捏着铅笔，赞道：很好的纪念品。

女友说，其实这种铅笔最大的价值，在于保护树木。要知道，没有人能把一支传统的铅笔，从头用到尾，分毫不剩。发明了铅笔帽，可能好一点，但还是没法百分之百地利用铅笔。无数木材，就这样被短短的铅笔头，吞噬掉了。人们对这个问题，置若罔闻了多少世纪，森林越来越少，今后再不能继续下去了。曼德拉铅笔既可实用，又有保存价值，而且可以举一反三地仿照。比如我们塔克拉玛干大漠的沙子，青海盐湖的晶盐，喜马拉雅山的石子，陕北的黄土……搜集来装进塑料管，是多么好的制造铅笔的原料和思乡的礼品啊！

分手的时候，女友讲了个小小的细节让我猜。

在南非最大的自然保护区——克鲁格国家公园，我们坐着车观赏野生动物。莽原上出没着犀牛、狮子、大象和豹，是猛兽天堂。我们被严令告知，千万不可擅自下车，并签了生死自负的文书。车在广漠的高原行进，不时听到狮啸，一种远古的恐惧，嗖地袭上心头。我看到剽悍的导游手持长枪，略略放下心，问他，如果我们被猛兽抓到，你会开枪吗？

会。他简短有力地答复。

　　紧接着，导游又补充了一句话。你猜说的是什么。女友问我。

　　这如何猜？你还是告诉我吧。我说。

　　那导游说道，当你被猛兽捕获，以免你遭受更大的痛苦，我们将开枪把你打死。我们的规定，不得射杀动物。

洞茶上的字迹

那时，我16岁零6个月零6天，分到西藏阿里当兵。海拔5000米的高原，司务长分发营养品，递给我一筒水果罐头和一块黑乎乎的粗糙物件。说："罐头每人每月一筒半，筒不能切开，所以，这一个月只能给你一筒，下个月会给你两筒。"

我不放心地问："你不会记错吧？要不这个月你给我两筒，下个月给我一筒好了。"

司务长说："这女娃还挺财迷，我是干什么的！咋会记错？"

我不好意思了，说："我不财迷，罐头我要了，这东西就给别人吧。"

司务长白了我一眼说："这是砖茶，比那罐头可金贵！"

我慢吞吞像个老媪似的挪回了宿舍。到达海拔4700米的部队驻地刚几天，高原反应还没有过去，稍一快走，浑身颤抖如将死之鸟。那块黑乎乎的东西一不小心掉到雪上，边缘破损色黑如炭，衬得格外不成嘴脸。

我没有捡，弯腰太费体力。老医生看到了，心疼地说："关键时刻砖茶能救你命呢。"

我说："它根本不像见棱见角的砖，更不像青翠欲滴的茶。"

老医生说："不能从茶的颜色来判定茶的价值，就像不能从人的外表诊断病情。它叫青砖茶，是用茶树叶子中的老叶子压制而成，加以发酵，所以颜色黢黑。它的茶碱含量很高，在高原，茶碱可以兴奋呼吸系统。如果出现强烈的高原反应，喝一杯这茶，可缓解症状。它是高原之宝。"

我赶紧把黑茶片从雪地上捡起来，珍藏。没到过酷寒国境线上的人，难以想象砖茶给予边防军的激励。高原上的水，不到70度就迫不及待地开锅了，无法泡出茶中的有效成分。我们只有把茶饼掰碎，放在搪瓷缸里，灌上用雪化成的水，煨在炉火边久久地熬煮，如同煎制古老的药方。渐渐，一抹米白色的蒸汽袅袅升起，抖动着，如同披满香氛的纱。缸子中的水渐渐红了，渐渐黑了……平原青翠植物的精魂，在这冰冷的高原，以另外一种神秘的形式复活。

慢慢喝茶上瘾，便很计较每月发放砖茶的数量。司务长的手指就是秤杆，他从硕大的茶砖上掰下一片，就是你应得的分量。碰上某块特别硬，司务长会拿出寒光闪闪的枪刺，用力戳下一块。某月领完营养品，我端详这分到手的砖茶，委屈地说："司务长你克扣了我。"

当司务长的最怕这一指控，愤然道："小鬼你可要说清楚，我哪里克扣你？"

我说："有人用手指抠走了我的茶。你看，他还留下两道深痕。"

司务长说："哈！只留下了两道痕，算你好运。应该是三道痕的。那不是被人抠走的，是厂子用机器压下的商标，这茶叫'川'字牌。"

我说："茶厂机器压过的地方，是不是所用茶叶就比较少啊？"

司务长说："分量上应该并不少，可能压得比较瓷实，你多煮一会儿就是了。"

我追问："这茶是哪里出的啊？"

司务长说："川字牌，当然是四川的啊。万里迢迢运到咱这里，外面包的土黄纸都磨掉了，只有这茶叶上的字，像一个攀山的人，手抠住崖边往下滑溜又不甘心时留下的痕迹。"

从此我与这砖茶朝夕相伴，它灼痛了我的舌，温暖了我的胃，安慰了我的心，润泽了我的脑，是我无声的知己。

11年后我离开高原回到北京，却再也找不到我那有三道沟痕标记的朋友。我丢失了它，遍找北京的茶庄也不见它踪影，好像它变成我在高原缺氧时的一个幻影，与我悄然永诀。

此后30余年，我品过千姿百态的天下名茶，用过林林总总的精美茶具，见过古乐升平的饮茶仪礼，却总充满若即若离的迷惘困惑。茶不能大口喝吗？茶不能沸水煮吗？茶不能放在铁皮缸子里煎吗？茶不能放盐巴吗？茶不能仰天长啸、一饮而尽吗？！

我不喜欢茶的矜持和贵族感，我不喜欢茶的繁文缛节。我不喜欢茶的一掷千金，我不喜欢茶的等级与身份。我不喜欢茶对于早春的病态嗜好，我不喜欢饮茶者故作高深的奢靡排场。

那一年我出差到了四川，听说当地出砖茶，满怀希望地买了一块，以为将要和老友重逢。细心地掰下一块儿，放入专门淘来的搪瓷缸子，点燃了炉火，慢慢地煮啊煮。好不容易等到可以喝了，大口畅饮，却依稀只感到一点微薄的近似，全然失却了当年的韵味。我绝望了——原来，我的舌头老了，我的味蕾老了。高原那相濡以沫朴素醇厚的黑茶，潜藏着警醒甘凛的味道，和我残酷的青春搅缠在一起，埋葬于藏北的重重冰雪之下，永不复返。

2012年5月，我到湖北赤壁一游。得知当地有"川"字砖茶，心中一动。它莫不是我的故人？又怕再次失望，便旁敲侧击问，明明是湖北的茶，为何要叫"川"字牌？

原来这是一个象形意义的招牌。赤壁市古称蒲圻，有个老镇羊楼洞。此地土地肥沃，气候适宜，生长着6万亩茶树。加工制作的砖茶量大质优，享有盛名，故被称为"洞茶"。

环绕古镇是美丽的松峰山，山上有"石人""凉荫""观音"三条清澈的天然泉水，三水合一，即为一个"川"字，成了洞茶的商标。早在宋景德年间，大约距今1000年前，这里就开始了以饼茶与蒙古进行茶马互易。到了清咸丰年间，那时汉口还没有开埠，每年谷雨前后，山西茶商千里而来羊楼洞镇收茶。所制砖茶远销蒙古、新疆及俄国西伯利亚等地。到了19世纪70年代，名声大震，外地茶商纷至沓来，设立茶庄。以此镇为原点，东50公里，南45公里，西40公里，北50公里，形成产销洞茶的巨大绿色圆环。1878年以后，砖茶从羊楼洞镇运至汉口后，取水路运上海、天津，然后再转陆路运抵张家口，再远销他方。20世纪以后，砖茶出口更是如火如荼，砖茶贸易进入极盛时期。铺着青石板的羊楼洞古街上，有茶厂30余家，年产砖茶30余万箱。

关于这个"川"字茶的来历，还有一说。清乾隆年间，山西商人在羊楼洞镇开设了"山玉川茶庄""巨盛川茶庄"，生产帽盒茶，品质极佳。到了清咸丰末年，因为茶庄都有个"川"字，索性在所产砖茶上印上"川"字标记，让不识汉字的少数民族兄弟和外国商人，用手一摸，便能识别出他们的货物，想来类似今天的防伪标志吧。

不管是"山泉说"还是"茶庄说"，都证明这儿的洞茶历史悠久得天独厚，声名远播享誉中外。

有了上次的教训，不敢贸然相认。赵李桥茶厂是"川"字牌青砖茶的生产厂家。这天到了茶厂，开始品茶。礼仪小姐一番茶道，先让我兴趣索然。砖茶讲究的是熬煮，这厢只是沸水冲泡。砖茶喝法乃大碗豪饮，此地精致的小茶盅只有牛眼大。砖茶经雪水浸出，是深红色的，此刻碗中只是轻微的棕黄……一切都相差甚远。出于礼貌,我只轻浅地含了一口。

只这一口,如晴天霹雳,地动山摇。

所有的味蕾,像听到了军号,骤然怒放。口颊的每一丝神经,都惊喜地蹦跳。天啊,离散了几十年的老朋友,在此狭路相逢相拥相抱。甘暖依然啊,温润如旧。可能是没有了冰水的沁洗,也许浸泡的时间还短,味道轻淡了很多。但它依然是它啊,轮廓未变,精髓未变。在口中荡漾稍久,熟稔的感觉烟霞般升腾而起。好似人已迟暮,蓦然遭逢初恋挚友,执手相望。岁月无情,模样已大变,白发斑斑,步履蹒跚。但随着时间一秒秒推移、豆蔻年华的青春风貌,如老式照片在水盆中渐渐显影,越发清晰。随后复苏的是我的食道和胃囊,它们锣鼓喧天欢迎老友莅临。人的所有器官中,味觉是最古老的档案馆,精细地封存着所有生命原初的记忆。胃更堪称最顽固的守旧派,一往情深抵抗到底。这些体内的脏器无法言语,却从未有过片刻遗忘。它们以一种不可思议的稳定,保持着青春的精准与纯粹。

最出乎意料的是双眼,竟然在一瞬间温水环绕。其实它还没有来得及看到那烙印般的"川"字的任何一竖道,就被穿越30年风霜的邂逅包围,难以自控。

激情化作一杯又一杯地喝茶,以表达内心的万千感慨。

青山绿水濡养的赤壁茶林,你可知道,你曾传递给边防军人多少温暖多少力量!冰雪漫天时,呷一口洞茶徐徐咽下,强大而涩香的热流注满口颊，旋即携带奔涌的力量滑入将士的肺腑，输送到被风寒侵袭的四肢百骸。让戍边的人忆起遥远的平原，缤纷的花草，还有年迈的双亲和亲爱的妻女。他们疲惫的腰杆重新挺直，成为国境线上笔直的界桩。他们僵硬的手指重新有力，扣紧了面向危险的枪机。他们困乏的双脚重新矫健，巡逻在千万里庄严的国土上。

"川"字牌洞茶啊，我欠你一个永恒的谢意。30余年未曾说出口，只因一直寻不到你。今天，我一定要买上很多很多块砖茶，送给当年我在阿里的战友。他们一定也在千方百计寻找你。送那个曾笑我财迷的司务长，对他说："川"字牌茶，不在四川而在湖北赤壁的羊楼洞。那位告诉我砖茶奥秘的老医生，已然谢世，我会按当年方法，熬煮一杯洞茶水，洒向大地，对天而祭。他在天堂一定闻得到这质朴的香气，沉吟片刻说："正是这个味道啊，好茶！"

提醒幸福

所以，当我们一无所有的时候，

我们也能够说，我很幸福。

因为我们还有健康的身体。

当我们不再享有健康的时候，

那些最勇敢的人可以依然微笑着说：我很幸福。

因为我还有一颗健康的心。

提醒幸福

　　我们从小就习惯了在提醒中过日子。天气刚有一丝风吹草动，妈妈就说，别忘了多穿衣服。才相识了一个朋友，爸爸就说，小心他是个骗子。你取得了一点成功，还没容得乐出声来，所有关切着你的人一起说，别骄傲！你沉浸在欢快中的时候，自己不停地对自己说：千万不可太高兴，苦难也许马上就要降临……

　　我们已经习惯于提醒，提醒的后缀词总是灾祸。灾祸似乎成了提醒的专利，把提醒也染得充满了淡淡的贬义。

　　我们已经习惯了在提醒中过日子，看得见的恐惧和看不见的恐惧始终像乌鸦盘旋在头顶。

　　在皓月当空的良宵，提醒会走出来对你说：注意风暴。于是我们忽略了皎洁的月光，急急忙忙做好风暴来临的一切准备。当我们大睁着眼睛枕戈待旦之时，风暴却像迟归的羊群，不知在哪里徘徊。当我们实在忍受不了等待灾难的煎熬时，我们甚至会恶意地祈盼风暴早些到来。

在许多夜晚，风暴始终没有降临。我们辜负了冰冷如银的月光。

风暴终于姗姗地来了。我们怅然发现，所做的准备多半是没有用的。事先能够抵御的风险毕竟有限，世上无法预计的灾难却是无限的。战胜灾难靠的更多的是临门一脚，先前的惴惴不安帮不上忙。

当风暴的尾巴终于远去，我们守住零乱的家园。气还没有喘匀，新的提醒又智慧地响起来，我们又开始对未来充满恐惧的期待。

人生总是有灾难。其实大多数人早已练就了对灾难的从容，我们只是还没有学会灾难间隙的快活。我们太多注重了自己警觉苦难，我们太忽视提醒幸福。

请从此注意幸福!

幸福也需要提醒吗?

提醒注意跌倒……提醒注意路滑……提醒受骗上当……提醒宠辱不惊……先哲们提醒了我们一万零一次，却不提醒我们幸福。

也许他们认为幸福不提醒也跑不了的。也许他们以为好的东西你自会珍惜，犯不上谆谆告诫。也许他们太崇尚血与火，觉得幸福无足挂齿。他们总是站在危崖上，指点我们逃离未来的苦难。

但避去苦难之后的时间是什么?

那就是幸福啊!

享受幸福是需要学习的，当幸福即将来临的时刻需要提醒。人可以自然而然地学会感官的享乐，人却无法天生地掌握幸福的韵律。灵魂的快意同器官的舒适像一对孪生兄弟，时而相傍相依，时而南辕北辙。

幸福是一种心灵的震颤，它像会倾听音乐的耳朵一样，需要不断的训练。

简言之，幸福就是没有痛苦的时刻。它出现的频率并不像我们想象的那样少。人们常常只是在幸福的金马车已经驶过去很远，拣起地上的金鬃毛说，原来我见过她。

人们喜爱回味幸福的标本，却忽略幸福披着露水散发清香的时刻。那时候我们往往步履匆匆，瞻前顾后不知在忙着什么。

世界上有预报台风的，有预报蝗虫的，有预报瘟疫的，有预报地震的。没有人预报幸福。

其实幸福和世界万物一样，有它的征兆。

幸福常常是朦胧的，很有节制地向我们喷洒甘霖。你不要总希冀轰轰烈烈的幸福，它多半只是悄悄地扑面而来。你也不要企图把水龙头拧得更大，使幸福很快地流失。而需静静地以平和之心，体验幸福的真谛。

幸福绝大多数是朴素的。它不会像信号弹似的，在很高的天际闪烁红色的光芒。它披着本色的外衣，亲切温暖地包裹起我们。

幸福不喜欢喧嚣浮华，常常在暗淡中降临。贫困中相濡以沫的一块糕饼，患难中心心相印的一个眼神，父亲一次粗糙的抚摸，女友一个温馨的字条……这都是千金难买的幸福啊。像一粒粒缀在旧绸子上的红宝石，在凄凉中愈发熠熠夺目。

幸福有时会同我们开一个玩笑，乔装打扮而来。机遇、友情、成功、团圆……它们都酷似幸福，但它们并不等同于幸福。幸福会借了它们的衣裙，袅袅婷婷而来，走得近了，揭去帷幔，才发觉它有钢铁般的内核。幸福有时会很短暂，不像苦难似的笼罩天空。如果把人生的苦难和幸福分置天平两端，苦难体积庞大，幸福可能只是一块小小的矿石。但指针一定要向幸福这一侧倾斜，因为它有生命的黄金。

幸福有梯形的切面，它可以扩大也可以缩小，就看你是否珍惜。

我们要提高对于幸福的警惕，当它到来的时刻，激情地享受每一分钟。据科学家研究，有意注意的结果比无意要好很多。

当春天的时候，我们要对自己说，这是春天啦，心里就会泛起茸茸的绿意。

幸福的时候，我们要对自己说，请记住这一刻！幸福就会长久地伴随我们。

那我们岂不是拥有更多的幸福！

所以，丰收的季节，先不要去想可能的灾年，我们还有漫长的冬季来得及考虑这件事。我们要和朋友们跳舞唱歌，渲染喜悦。既然种子已经回报了汗水，我们就有权沉浸幸福。不要管以后的风霜雨雪，让我们先把麦子磨成面粉，烘一个香喷喷的面包。

　　所以，当我们从天涯海角相聚在一起的时候，请不要踌躇片刻后的别离。在今后漫长的岁月里，有无数孤寂的夜晚可以独自品尝愁绪。现在的每一分钟，都让它像纯净的酒精，燃烧成幸福的淡蓝色火焰，不留一丝渣滓。让我们一起举杯，说：我们幸福。

　　所以，当我们守候在年迈的父母膝下时，哪怕他们鬓发苍苍，哪怕他们垂垂老矣，你都要有勇气对自己说：我很幸福。因为天地无常，总有一天你会失去他们，会无限追悔此刻的时光。

　　幸福并不与财富地位声望婚姻同步，它只是你心灵的感觉。

　　所以，当我们一无所有的时候，我们也能够说，我很幸福。因为我们还有健康的身体。当我们不再享有健康的时候，那些最勇敢的人可以依然微笑着说：我很幸福。因为我还有一颗健康的心。甚至当我们连心都不再存在的时候，那些人类最优秀的分子仍旧可以对宇宙大声说：我很幸福。因为我曾经生活过。

　　常常提醒自己注意幸福，就像在寒冷的日子里经常看看太阳，心就不知不觉暖洋洋亮光光。

我很重要

当我说出"我很重要"这句话的时候，颈项后面掠过一阵战栗。我知道这是把自己的额头裸露在弓箭之下了，心灵极容易被别人的批判洞伤。

许多年来，没有人敢在光天化日之下表示自己"很重要"。我们从小受到的教育都是——"我不重要"。

作为一名普通士兵，与辉煌的胜利相比，我不重要。

作为一个单薄的个体，与浑厚的集体相比，我不重要。

作为一位奉献型的女性，与整个家庭相比，我不重要。

当我在国外的一份刊物上看到"一个人的价值胜于整个世界"的口号时，曾大惑不解。作为随处可见的人的一分子，与宝贵的物质相比，我不重要。

我们——简明扼要地说，就是每一个单独的"我"——到底重要还是不重要？

我是由无数星辰日月草木山川的精华汇聚而成的。只要计算一下我们一生吃进去多少谷物，饮下了多少清水，才凝聚成一具美轮美奂的躯体，我们一定会为那数字的庞大而惊讶。平日里，我们尚要珍惜一粒米、一叶菜，难道可以对亿万粒菽粟亿万滴甘露滋养出的万物之灵，掉以丝毫的轻心吗？

当我在博物馆里看到北京猿人窄小的额和前凸的嘴时，我为人类原始时期的粗糙而黯然。他们精心打制出的石器，用今天的目光看来不过是极简单的玩具。如今很幼小的孩童，就能熟练地操纵语言，我们才意识到已经在进化之路上前进了多远。我们的头颅就是一部历史，无数祖先进步的痕迹储存于脑海深处。我们是一株亿万年苍老树干上最新萌发的绿叶，不单属于自身，更属于土地。人类的精神之火，是连绵不断的链条，作为精致的一环，我们否认了自身的重要，就是推卸了一种神圣的承诺。

回溯我们诞生的过程，两组生命基因的嵌合，更是充满了人所不能把握的偶然性。我们每一个个体，都是机遇的产物。

常常遥想，如果是另一个男人和另一个女人，就绝不会有今天的我……

即使是这一个男人和这一个女人，如果换了一个时辰相爱，也不会有此刻的我……

即使是这一个男人和这一个女人在这一个时辰，由于一片小小落叶或是清脆鸟啼的打搅，依然可能不会有如此的我……

一种令人怅然以至走入恐惧的想象，像雾霭一般不可避免地缓缓升起，模糊了我们的来路和去处，令人不得不断然打住思绪。

我们的生命，端坐于概率垒就的金字塔的顶端。面对大自然的鬼斧神工，我们还有权利和资格说我不重要吗？

对于我们的父母，我们永远是不可重复的孤本。无论他们有多少儿女，我们都是独特的一个。

假如我们不存在了，他们就空留一份慈爱，在风中蛛丝般无以附骥地飘荡。

假如我们生了病，他们的心就会皱缩成石块，无数次向上苍祈祷我们的康复，甚至愿灾痛以十倍的烈度降临于他们自身，以换取我们的平安。

我们的每一滴成功，都如同经过放大镜，进入他们的瞳孔，摄入他们心底。

假如我们先他们而去，他们的白发会从日出垂到日暮，他们的泪水会使太平洋为之涨潮。

面对这无法承载的亲情，我们还敢说我不重要吗？

我们的记忆，同自己的伴侣紧密地缠绕在一处，像两种混淆于一碟的颜色，已无法分开。你原先是黄，我原先是蓝，我们共同的颜色是绿，绿得生机勃勃，绿得苍翠欲滴。失去了妻子的男人，胸口就缺少了生死攸关的肋骨，心房裸露着，随着每一阵轻风滴血。失去了丈夫的女人，就是齐刷刷折断的琴弦，每一根都在雨夜长久地自鸣……

面对相濡以沫的同道，我们忍心说我不重要吗？

俯对我们的孩童，我们是至高至尊的唯一。我们是他们最初的宇宙，我们是深不可测的海洋。假如我们隐去，孩子就永失淳厚无双的血缘之爱，天倾东南，地陷西北，万劫不复。盘子破裂可以粘起，童年碎了，永不复原。伤口流血了，没有母亲的手为他包扎。面临抉择，没有父亲的智慧为他谋略……面对后代，我们有胆量说我不重要吗？

与朋友相处，多年的相知，使我们仅凭一个微蹙的眉尖、一次睫毛的抖动，就可以明了对方的心情。假如我不在了，就像计算机丢失了一份不曾复制的文件，她的记忆库里留下不可填补的黑洞。夜深人静时，手指在揿了几个电话键码后，骤然停住，那一串数字再也用不着默诵了。逢年过节时，她写下一沓沓的贺卡。轮到我的地址时，她闭上眼睛……许久之后，她将一张没有地址只有姓名的贺卡填好，在无人的风口将它焚化。

相交多年的密友，就如同沙漠中的古陶，摔碎一件就少一件，再也找不到一模一样的成品。面对这般友情，我们还好意思说我不重要吗？

我很重要。

我对于我的工作我的事业，是不可或缺的主宰。我的独出心裁的创意，像鸽群一般在天空翱翔，只有我才捉得住它们的羽毛。我的设想像珍珠一般散落在海滩上，等待着我把它用金线串起。我的意志向前延伸，直到地平线消失的远方……

没有人能替代我，就像我不能替代别人。

我很重要。

我对自己小声说。我还不习惯嘹亮地宣布这一主张，我们在不重要中生活得太久了。

我很重要。

我终于大声地对世界这样宣布。片刻之后，我听到山岳和江海传来回声。

是的，我很重要。我们每一个人都应该有勇气这样说。我们的地位可能很卑微，我们的身份可能很渺小，但这丝毫不意味着我们不重要。重要并不是伟大的同义词，它是心灵对生命的允诺。

对于一株新生的树苗，每一片叶子都很重要。对于一个孕育中的胚胎，每一段染色体碎片都很重要。甚至驰骋寰宇的航天飞机，也可以因为一个密封橡皮圈的疏漏而凌空爆炸——你能说它不重要吗？

人们常常从成就事业的角度，断定我们是否重要。但我要说，只要我们在时刻努力着，为光明在奋斗着，我们就是无比重要地生活着。

让我们昂起头，对着我们这颗美丽的星球上无数的生灵，响亮地宣布——

我很重要。

精神的三间小屋

面对那句——人的心灵，应该比大地、海洋和天空都更为博大的名言，自惭自秽。我们难以拥有那样雄浑的襟怀，不知累积至那种广袤，需如何积攒每一粒泥土？每一朵浪花？每一朵云霓？

甚至那句恨不能人人皆知的中国古话——宰相肚里能撑船，也让我们在敬仰之余，不知所措。也许因为我们不过是小小的草民，即便怀有效仿的渴望，也终是可望而不可即，便以位卑宽宥了自己。

两句关于人的心灵的描述，不约而同地使用了空间的概念。人的肢体活动，需要空间。人的心灵活动，也需要空间。那容心之所，该有怎样的面积和布置？

人们常常说，安居才能乐业。如今的城里人一见面，就问，你是住两居室还是三居室啊？……喔，两居室窄巴点，三居室虽说并不富余，也算小康了。

身体活动的空间是可以计量的，心灵活动的疆域，是否也可有个基本达标的数值？

有一颗大心，才盛得下喜怒，输得出力量。于是，宜选月冷风清竹木潇潇之处，为自己的精神修建三间小屋。

第一间，盛着我们的爱和恨。对父母的尊爱，对伴侣的情爱，对子女的疼爱，对朋友的关爱，对万物的慈爱，对生命的珍爱……对丑恶的仇恨，对污浊的厌烦，对虚伪的憎恶，对卑劣的蔑视……这些复杂而对立的情感，林林总总，会将这间小屋挤得满满，间不容发。你的一生，经历过的所有悲欢离合喜怒哀乐，仿佛以木石制作的古老乐器，铺陈在精神小屋的几案上，一任岁月飘逝。在某一个金戈铁血之夜，它们会无师自通，与天地呼应，铮铮作响。假若爱比恨多，小屋就光明温暖，像一座金色池塘，有红色的鲤鱼游弋，那是你的大福气。假如恨比爱多，小屋就阴风惨惨，厉鬼出没，你的精神悲戚压抑，形销骨立。如果想重温祥和，就得净手焚香，洒扫庭除。销毁你的精神垃圾，重塑你的精神天花板，让一束圣洁的阳光，从天窗洒入。

无论一生遭受多少困厄欺诈，请依然相信人类的光明大于暗影。哪怕是只多一个百分点呢，也是希望永恒在前。所以，在布置我们的精神空间时，给爱留下足够的容量。

第二间小屋，盛放我们的事业。

一个人从二十五岁开始做工，直到六十岁退休，他要在工作岗位上度过整整三十五年的时光。按一日工作八小时，一周工作五天，每年就要为你的职业付出两千个小时。倘若一直干到退休，那就是七万个小时。在这个庞大的数字面前，相信大多数人都会始于惊骇终于沉思。假如你所从事的工作，是你的爱好，这七万个小时，将是怎样快活和充满创意的时光！假如你不再喜欢它，漫长的七万个小时，足以让花容磨损日月无光，每一天都如同穿着淋湿的衬衣，针芒在身。

我不晓得一下子就找对了行业的人，能占多大比例？从大多数人谈到工作时乏味麻木的表情推算，估计这样的幸运儿不多。不要轻觑了事业对精神的濡养或反之的腐蚀作用，它以深远的力度和广度，挟持着我们的精神，以成为它麾下持久的人质。

适合你的事业，不靠天赐，主要靠自我寻找。这不但是因为相宜的事业，并非像雨后白桦林中的菌子一样，俯拾即是，而且因为我们对自身的认识，也是抽丝剥茧，需要水落石出的流程。你很难预知，将在十八岁还是四十岁甚至更沧桑的时分，才真正触摸到倾心的爱好。当我们太年轻的时候，因为尚无法真正独立，受种种条件的制约，那附着在事业外壳上的金钱地位，或是其他显赫的光环，也许会灼晃了我们的眼睛。当我们有了足够的定力，将事业之外的赘生物一一剥除，露出它单纯可爱的本质时，可能已耗费半生。然费时弥久，精神的小屋，也定需住进你所爱好的事业。否则，鸠占鹊巢，李代桃僵，那屋内必是鸡飞狗跳，不得安宁。

我们的事业，是我们的田野。我们背负着它，播种着，耕耘着，收获着，欣喜地走向生命的远方。规划自己的事业生涯，使事业和人生，呈现缤纷和谐相得益彰的局面，是第二间精神小屋坚固优雅的要诀。

第三间，安放我们自身。

这好像是一个怪异的说法。我们自己的精神住所，不住着自己，又住着谁呢？

可它又确是我们常常犯下的重大失误——在我们的小屋里，住着所有我们认识的人，唯独没有我们自己。我们把自己的头脑，变成他人思想汽车驰骋的高速公路，却不给自己的思维，留下一条细细的羊肠小道。我们把自己的头脑，变成搜罗最新信息网络八面来风的集装箱，却不给自己的发现，留下一个小小的储藏盒。我们说出的话，无论声音多么嘹亮，都是别的喉咙嘟囔过的。我们发表的意见，无论多么周全，都是别的手指圈划过的。我们把世界万物保管得很好，偏偏弄丢了开启自己的钥匙。在自己独居的房屋里，找不到自己曾经生存的证据。

如果真是那样，我们精神的小屋，不必等待地震和潮汐，在微风中就悄无声息地坍塌了。它纸糊的墙壁化为灰烬，白雪的顶棚变作泥泞，露水的地面成了沼泽，江米纸的窗棂破裂，露出惨淡而真实的世界。你的精神，孤独地在风雨中飘零。

三间小屋，说大不大，说小不小。非常世界，建立精神的栖息地，是智慧生灵的义务，每人都有如此的权利。我们可以不美丽，但我们健康。我们可以不伟大，但我们庄严。我们可以不完满，但我们努力。我们可以不永恒，但我们真诚。

当我们把自己的精神小屋建筑得美观结实，储物丰富之后，不妨扩大疆域，增修新舍。矗立我们的精神大厦，开拓我们的精神旷野。因为，精神的宇宙，是如此的辽阔啊。

让我们倾听

我读心理学博士方向课程的时候，书写作业，其中有一篇是研究"倾听"。刚开始我想，这还不容易啊，人有两耳，只要不是先天失聪，落草就能听见动静。夜半时分，人睡着了，眼睛闭着，耳轮没有开关，一有月落乌啼，人就猛然惊醒，想不倾听都做不到。再者，我做内科医生多年，每天都要无数次地听病人倾倒满腔苦水，鼓膜都起茧子了。所以，倾听对我应不是问题。

查了资料，认真思考，才知差距多多。在"倾听"这门功课上，许多人不及格。如果谈话的人没有我们的学识高，我们就会虚与委蛇地听。如果谈话的人冗长烦琐，我们就会不客气地打断叙述。如果谈话的人言不及义，我们会明显地露出厌倦的神色。如果谈话的人缺少真知灼见，我们会讽刺挖苦，令他难堪……凡此种种，我都无数次地表演过，至今一想起来，无地自容。

世上的人，天然就掌握了倾听艺术的人，可说凤毛麟角。

不信，咱们来做一个试验。

你找一个好朋友，对他或她说，我现在同你讲我的心里话，你却不要认真听。你可以东张西望，你可以搔首弄姿，你也可以听音乐、梳头发干一切你忽然想到的小事，你也可以王顾左右而言他……总之，你什么都可以做，就是不必听我说。

当你的朋友决定配合你以后，这个游戏就可以开始了。你必须拣一件撕肝裂胆的痛事来说，越动感情越好，切不可潦草敷衍。

好了，你说吧……

我猜你说不了多长时间，最多3分钟，就会鸣金收兵。无论如何你也说不下去了。面对着一个对你的疾苦你的忧愁无动于衷的家伙，你再无兴趣敞开襟怀。不但你缄口了，而且你感到沮丧和愤怒。你觉得这个朋友愧对你的信任，太不够朋友。你决定以后和他渐疏渐远，你甚至怀疑认识这个人是不是一个错误……

你会说，不认真听别人讲话，会有这样严重的后果吗？我可以很负责地告诉你，正是如此。有很多我们丧失的机遇，有若干阴差阳错的讯息，有不少失之交臂的朋友，甚至各奔东西的恋人，那绝缘的起因，都系我们不曾学会倾听。

好了，这个令人不愉快的游戏我们就做到这里。下面，我们来做一个令人愉快的活动。

还是你和你的朋友。这一次，是你的朋友向你诉说刻骨铭心的往事。请你身体前倾，请你目光和煦。你屏息关注着他的眼神，你随着他的情感冲浪而起伏。如果他高兴，你也报以会心的微笑。如果他悲哀，你便陪伴着垂下眼帘。如果他落泪了，你温柔地递上纸巾。如果他久久地沉默，你也和他缄口走过……

非常简单。当他说完了，游戏就结束了。你可以问问他，在你这样倾听他的过程中，他感到了什么？

我猜，你的朋友会告诉你，你给了他尊重，给了他关爱。给他的孤独以抚慰，给他的无望以曙光。给他的快乐加倍，给他的哀伤减半。你是他最好的朋友之一，他会记得和你一道度过的难忘时光。

这就是倾听的魔力。

倾听的"倾"字，我原以为就是表示身体向前斜着，用肢体语言表示关爱与注重。翻查字典，其实不然。或者说仅仅做这样的理解是不够全面的。倾听，就是"用尽力量去听"。这里的"倾"字，类乎倾巢出动，类乎倾箱倒箧，类乎倾国倾城，类乎倾盆大雨……总之殚精竭虑毫无保留。

可能有点夸张和矫枉过正，但倾听的重要性我以为必须提到相当的高度来认识，这是一个人心理是否健康的重要标识之一。人活在世上，说和听是两件要务。说，主要是表达自己的思想情感和意识，每一个说话的人都希望别人能够听到自己的声音。听，就是接收他人描述内心想法，以达到沟通和交流的目的。听和说像是鲲鹏的两只翅膀，必须协调展开，才能直上九万里。

现代生活飞速地发展，人的一辈子，再不是蜷缩在一个小村或小镇，而是纵横驰骋漂洋过海。所接触的人，不再是几十一百，很可能成千上万。要在相对短暂的时间内，让别人听懂了你的话，让你听懂了别人的话，并且在两颗头脑之间产生碰撞，这就变成了心灵的艺术。

我的五样

　　老师出了题目——写下"你生命中最宝贵的五样东西"，我拿着笔，面对一张白纸，周围一片静寂无声。万物好似缩微成超市货架上的物品，平铺直叙摆在那里，等待你手的挑选。货筐是那样小而致密，世上的林林总总，只有五样可以塞入。

　　也许是当过医生的缘故，片刻的斟酌之后，我本能地挥笔写下：空气、水、太阳……

　　这当然是不错的。你不可能设想在一个没有空气和水的星球上，滋长出如此斑斓多彩的生命。但我很快发现自己陷入了困境——如果继续按照医学的逻辑推下去，马上就该写下心脏和气管，它们对于生命之泵也是绝不可缺的零件。结果呢，我的小筐子立马就装满了，五项指标额度用尽。想想那答案的雏形将是：我生命中最宝贵的东西——空气、水、阳光、气管、心脏……哈！充满了科普意味。

　　如此写下去，恐有弊病。测验的功能，是辅导我们分辨出什么是自我生命中最重要的因子，以至面临人生的重大选择和丧失时，会比较地镇定从容，妥帖地排出轻重缓急。而我的答案，抽象粗放，大而化之，缺乏甄别和实用性。

改弦易辙。我决定在水、空气和阳光三要素之后，写下对我个人更为独特和生死攸关的因子。

于是，第四样——鲜花。

真有些不好意思啊。挂着露滴的鲜花，那样娇弱纤巧，似乎和庄严的题目开了一个玩笑。但我真是如此地挚爱它们，觉得它们不可或缺。绚烂的有刺的鲜花，象征着生活的美好和无可回避的艰难，愿有一束火红的玫瑰，伴我到天涯。

写下鲜花之后，仅剩一样挑选的余地了。刹那间，无数声音充斥耳鼓，啰唆地申述着自己的不可替代性，想在最后一分钟，挤进我珍贵的小筐。

偷着觑了一眼同学们的答案，不禁有些惶然。

有人写下："父母"。我顿觉自己的不孝。是啊，对于我的生命来说，父母难道不是极为宝贵的因素吗？且不说没有他们哪来的我，单是一想到他们会先我而去，等待我的是生离死别，永无相见，心就极快地冰冷成坨。

有人写下："孩子"。我惴惴不安，甚至觉得自己负罪在身。那个幼小的生命，与我血脉相连，我怎能在关键的时刻，将他遗漏？

有人写下："爱人"。我便更惭愧了。说真的，在刚才的抉择过程中，几乎将他忘了。或许因为潜意识里，认为在未曾识得他之前，我的生命就已存许久。我们也曾有约，无论谁先走，剩下的那人都要一如既往地好好活着。既然当初不是同月同日生，将来也难得同月同日死，彼此已商定不是生命的必需，未进提名，也有几分理由吧？

正不知将手中的孤球，抛向何处，老师一句话救了我。她说，这生命中最宝贵的东西，不必从逻辑上思索推敲是否成立，只需你情感上的真爱即可。

凝神再想。

略一顿挫之后，拟写"电脑"。因为基本上已不用笔写作，电脑便成了我密不可分的工作伴侣。落笔之际我凝思，电脑在此处，并不只是单纯的工具，当是一种象征，代表我挚爱的劳动和神圣的职责。很快又联想到电脑所受制约较多，比如停电或是病毒入侵，都会让我无所依傍。唯有朴素的笔，虽原始简陋，却可朝夕相伴风雨兼程。

于是洁白的纸上，记下了我生命中最宝贵的五样东西——水、阳光、空气、鲜花和笔（未按笔画为序，排名不分先后）。

同学们嘻嘻笑着，彼此交换答案。看过之后，却都不作声了。我吃惊地发现，每人的物件，万千气象，绝不雷同，有些简直让人瞠目结舌。比如某男士的"足球"，某女士的"巧克力"在我就大不以为然。但老师再三提示，不要以自己的观点去衡量他人，于是不露声色。

接下来，老师说，好吧，每个人在你写下的五样当中，画去相对不那么重要的一样，只剩下四样。

权衡之后，我在五样中的"鲜花"一栏旁边，打了一个小小的"×"号，表示在无奈的选择当中，将最先放弃清丽芬芳的它。

老师走过来看到了，说，不能只是在一旁做个小记号，放弃就意味着彻底的割舍。你必得用笔把它全部涂掉。

依法办了，将笔尖重重刺下。当鲜花被墨笔腰斩的那一刻，顿觉四周惨失颜色，犹如本世纪初叶的黑白默片。我拢拢头发咬咬牙，对自己说，与剩下的四样相比，带有奢侈和浪漫情调的鲜花，在重要性上毕竟逊了一筹，舍就舍了吧。虽然花香不再，所幸生命大致完整。

请将剩下的四类当中，再剔去一种，仅剩三样。老师的声音很平和，却带有一种不容商榷的断然压力。

我面对自己的纸，犯了难。阳光、水、空气和笔……删掉哪样是好，思忖片刻，提笔把"水"画去了，从医学知识上讲，没有了空气，人只能苟延残喘几分钟，没有了水，在若干小时内尚可坚持。两害相权取其轻吧。

也许女人真是水做的骨肉，"水"一被勾销，立觉喉咙苦涩，舌头肿痛，心也随之焦躁成灰，人好似成了金字塔里风干的法老。

我已经约略猜到了老师的程序，便有隐隐的痛楚弥漫开来。不断丧失的恐惧，化作乌云大兵压境。痛苦的抉择似一条苦难的巷道，弯弯曲曲伸向远方。

果然，老师说，继续画去一样，只剩两样。

这时教室内变得很寂静，好似荒凉的冢。每个人都在冥思苦想举棋不定。我已顾不得探查他人的答案，面对着自己人生的白纸，愁肠百结。

笔、阳光、空气……何去何从？

闭起眼睛一跺脚，我把"空气"画去了。

刹那间好像有一双阴冷的魔爪，丝丝入扣地扼住我的咽喉，手指发麻眼冒金星，心如擂鼓气息屏窒……

我曾在海拔五千多米的冰山上攀援绝壁，缺氧的滋味撕心裂肺。无论谁隔绝了空气，生命便飘然而逝。一切只能成为哲学意义上的讨论。

好了，现在再画去一样，只剩下最后一样。老师的音调很温和，但执着坚定充满决绝。对已是万般无奈之中的我们，此语一出，不啻惊雷。

教室内已经有轻轻的哭泣声。人啊，面临丧失，多么软弱苦楚。即使只是一种模拟，已使人肝肠寸断。

笔和阳光。它们在纸上誓不两立地注视着我，陷我于深重的两难。

留下太阳吧——心灵深处在反复呼唤。妩媚温暖明亮洁净，天地一派光明。玫瑰花会重新开放，空气和水将濡养而出，百禽鸣唱，欢歌笑语。曾经失去的一切，都会在不知不觉当中悄然归来。纵使除了阳光什么也没有，也可以在沙滩上直直地卧晒太阳哇。

想到这里，心的每一个犄角，都金光灿灿起来。

只是，我在哪里，在干什么？

我看到自己孤独的身影，在海边寂寞的椰子树下拉长缩短，百无聊赖。孤独地看日出日落，听潮涨潮消。

那生命的存在，于我还有怎样的意义？！我执着地扬起头来问天。

天无语。

自问至此，水落石出。我慢而稳定地拿起笔，将纸上的"太阳"画掉了。

偌大一张纸，在反复勾勒的斑驳墨迹中，只残存下来一个固守的字——"笔"。

这种充满痛苦和抉择的测验，像一个渐渐缩窄的闸孔，将激越的水流凝聚成最后的能量，冲刷着我们的纷繁的取向。当那通道变得一夫当关，万夫莫开之时，生命的重中之重，就简洁而挺拔地凸立了。

感谢这一过程，让我清晰地得知什么是我生命中的真爱——就是我手中的这支笔啊，它噗噗跳动着，击打着我的掌心，犹如我的另一颗心脏，推动我的一腔热血四肢百骸。

突然发现周围万籁无声。人们在清醒地选择之后，明白了自己意志的支点便像婴儿一般，单纯而明朗地宁静了。

我细心地收起这张白纸，一如珍藏一张既定的船票。知道了航向和终点，剩下的就是帆起桨落战胜风暴的努力了。

造　心

　　蜜蜂会造蜂巢。蚂蚁会造蚁穴。人会造房屋、机器，造美丽的艺术品和动听的歌。但是，对于我们最重要最宝贵的东西——自己的心，谁是它的建造者？

　　孔雀绚丽的羽毛，是大自然物竞天择造出的。白杨笔直刺向碧宇，是密集的群体和高远的阳光造出的。清香的花草和缤纷的落英，是植物吸引异性繁衍后代的本能造出的。卓尔不群坚忍顽强的性格，是禀赋的优异和生活的历练造出的。

　　我们的心，是长久地不知不觉地以自己的双手，塑造而成的。

　　造心先得有材料。有的心是用钢铁造的，沉黑无比。有的心是用冰雪造的，高洁酷寒。有的心是用丝绸造的，柔滑飘逸。有的心是用玻璃造的，晶莹脆薄。有的心是用竹子造的，锋利多刺。有的心是用木头造的，安稳麻木。有的心是用红土造的，粗糙朴素。有的心是用黄连造的，苦楚不堪。有的心是用垃圾造的，面目可憎。有的心是用谎言造的，百孔千疮。有的心是用尸骸造的，腐恶熏天。有的心是用眼镜蛇唾液造的，剧毒凶残。

造心要有手艺。一只灵巧的心，缝制得如同金丝荷包。一罐古朴的心，厚厚的好似百年老酒。一枚机敏的心，感应快捷电光石火。一颗潦草的心，门可罗雀疏可走马。一摊胡乱堆就的心，乏善可陈杂乱无章。一片编织荆棘的心，暗设机关处处陷阱。一道半是细腻半是马虎的心，好似白蚁蛀咬的断堤。一朵绣花枕头内里虚空的心，是假冒伪劣心界的水货。

造心需要时间。少则一分一秒，多则一世一生。片刻而成的大智大勇之心，未必就不玲珑。久拖不决的谨小慎微之心，未必就很精致。有的人，小小年纪，就竣工一颗完整坚实之心。有的人，须发皆白，还在心的地基挖土打桩。有的人，半途而废不了了之，把半成品的心扔在荒野。有的人，成百里半九十，丢下不曾结尾的工程。有的人，精雕细刻一辈子，临终还在打磨心的剔透。有的人，粗制滥造一辈子，人未远行，心已灶冷炕灰。

心的边疆，可以造得很大很大。像延展性最好的金箔，铺设整个宇宙，把日月包涵。没有一片乌云，可以覆盖心灵辽阔的疆域。没有哪次地震火山，可以彻底颠覆心灵的宏伟建筑。没有任何风暴，可以冻结心灵深处喷涌的温泉。没有某种天灾人祸，可以在秋天，让心的田野颗粒无收。

心的规模，也可能缩得很小很小，只能容纳一个家，一个人，一粒芝麻，一滴病毒。一丝雨，就把它淹没了。一缕风，就把它粉碎了。一句谎言，就让它痛不欲生。一个阴谋，就置它万劫不复。

心可以很硬，超过人世间已知的任何一款金属。心可以很软，如泣如诉如绢如帛。心可以很韧，千百次的折损委屈，依旧平整如初。心可以很脆，一个不小心，顿时香消玉碎。

造心的时候，可以有很多讲究和设计。比如预埋下一处心灵的生长点，像一株植物，具有自动修复、自我养护的神奇功能。心受了创伤，它会挺身而出，引导心的休养生息，在最短的时间内，使心整旧如新。

比如高高竖起心灵的避雷针，以便在危急时刻，将毁灭性的灾难导入地下，耐心等待雨过天晴。

比如添加防震防爆的性能，在心灵遭受短时间高强度的残酷打击下，举重若轻，镇定地维持蓬勃稳定。比如……

优等的心，不必华丽，但必须坚固。因为人生有太多的压榨和当头一击，会与独行的心灵，在暗夜狭路相逢。如果没有精心的特别设计，简陋的心，很易横遭伤害一蹶不振，也许从此破罐破摔，再无生机。没有自我康复本领的心灵，是不设防的大门。一汪小伤，便漏尽全身膏血。一星火药，便烧毁绵延的城堡。

心为血之海，那里汇聚着每个人的品格智慧精力情操，心的质量就是人的质量。有一颗仁慈之心，会爱世界爱人爱生活，爱自身也爱大家。有一颗自强之心，会勤学苦练百折不挠，宠辱不惊大智若愚。有一颗尊严之心，会珍惜自然善待万物。有一颗流量充沛羽翼丰满的心，会乘上幻想的航天飞机，抚摸月亮的肩膀。

造心是一项艰难漫长的工程，工期也许耗时一生。通常是母亲的手，在最初心灵的模型上，留下永不消退的指纹。所以普天下为人父母者，要珍视这一份特别庄重的义务与责任。

当以我手塑我心的时候，一定要找好样板，郑重设计，万不可草率行事。造心当然免不了失败，也很可能会推倒重来。不必气馁，但也不可过于大意。因为心灵的本质，是一种缓慢而精细的物体，太多的揉搓，会破坏它的灵性与感动。

好的心，如同造好的船。当它下水远航时，蓝天在头上飘荡，海鸥在前面飞翔，那是一个神圣的时刻。会有台风，会有巨涛。但一颗美好的心，即使巨轮沉没，它的颗粒也会在海浪中，无畏而快乐地燃烧。

呵护心灵

那一年我十七岁，在西藏雪域的高原部队当卫生兵，具体工作是化验员。

一天，一个小战士拿着化验单找我，要求做一项很特别的检查。医生怀疑他得了一种古怪的病，这个试验可以最后确诊。

试验的做法是：先把病人的血抽出来，快速分离出血清。然后在摄氏五十六度的条件下，加温三十分钟。再用这种血清做试验，就可以得出结果来了。

我去找开化验单的医生，说，这个试验我做不了。

医生说，化验员，想想办法吧。要是没有这个化验的结果，一切治疗都是盲人摸象。

听了医生的话，本着对病人负责的精神，我还仔细琢磨了半天，想出一个笨法子，就答应了医生的请求。

那个战士的胳膊比红蓝铅笔粗不了多少，抽血的时候面色惨白，好像是要把他的骨髓吸出来了。

我点燃一盏古老的印度油灯。青烟缭绕如丝，好像有童话从雪亮的玻璃罩子里飘出。柔和的茄蓝色火焰吐出稀薄的热度，将高原严寒的空气炙出些微的温暖。我特意做了一个铁架子，支在油灯的上方。架子上安放一只盛水的烧杯，杯里斜插水温计，红色的汞柱好像一条冬眠的小蛇，随着水温的渐渐升高而舒展身躯。

当烧杯水温到五十六摄氏度的时候，我手疾眼快地把盛着血清的试管放入水中，然后双眼一眨不眨地盯着温度计。当温度升高的时候，就把油灯向铁架子的边缘移动。当水温略有下降的趋势，就把火焰向烧杯的中心移去。像一个烘烤面包的大师傅，精心保持着血清温度的恒定……

说实话，这个活儿真是乏味透顶。凝然不动的玻璃器皿，枯燥单调的搬移油灯，好像和一个3岁小孩下棋，你既不能赢也不能输，只能像木偶一样做机械动作……

时间艰难地在油灯的移动中前进，大约到了第二十八分钟的时间，一个好朋友推门进来。她看我目光炯炯的样子，大叫了一声说，你不是在闹鬼吧，大白天点了盏油灯！

我瞪了她一眼说，我是在全心全意地为病人服务，正像孵小鸡一样地给血清加温呢！

她说，什么血清？血清在哪里？

我说，血清就在烧杯里呀。

我用目光引导着她去看我的发明创造。当我注视到水银计的时候，看到红线已经膨胀到七十摄氏度。劈手捞出血清试管，可就在我说这一句话的工夫，原本像澄清茶水一般流动的血清，已经在热力的作用下，凝固得像一块古旧的琥珀。

完了！血清已像鸡蛋一样被我煮熟，标本作废，再也无法完成试验。

我恨不得将油灯打得粉碎。但是油灯粉身碎骨也于事无补，我不该在关键时刻信马由缰。现在面临的问题是我该怎么办，空白化验单像一张问询的苦脸，我不知填上怎样的回答。

最好的办法是找病人再抽上一管鲜血，一切让我们重新开始，但是病人惜血如命，我如何向他解释？就说我的工作失误了吗？那是多么没有面子的事情！人人都知道我是一个尽职尽责的好化验员，这不是给自己抹黑吗？

想啊想，我终于设计出了如何对病人说。

我把那个小个子兵叫来，由于对疾病的恐惧，他如惊弓之鸟战战兢兢。

我不看他的脸，压抑着心跳，用一个十七岁女孩可以装出的最大严肃对他说，我已经检查了你的血，可能……

他的脸唰地变成霜地，颤抖着嗓音问，我的血是不是有问题？我是不是得了重病？

这个……你知道像这样的检查，应该是很慎重的，单凭一次结果很难下最后的结论……

说完这句话，我故意长时间地沉吟着，一副模棱两可的样子，让他在恐惧的炭火中慢慢煎熬，直到相信自己罹患重疾。

他瘦弱的头颅点得像啄木鸟，说，我给你添了麻烦，可是得了这样的病，没办法……

我说，我不怕麻烦，只是本着对你负责，对你的病负责，还要为你复查一遍，结果才更可靠。

他苍白的脸立刻充满血液，眼里闪出星星点点的水斑。他说，化验员，真是太谢谢了，想不到你这样年轻，心地这样好，想得这么周到。

小个子说着，几乎是迫不及待地撸起袖子，露出细细的臂膀，让我再次抽他的血。

我心里窃笑着，脸上还做出不情愿的样子，很矜持地用针扎进他的血管。这一回，为了保险，我特意抽了满满的两管鲜血，以防万一。

古老的油灯又一次青烟缭绕，我自始至终都不敢大意，终于取得了结果。

他的血清呈阴性反应。也就是说——他没有病。

再次见到小个子的时候，他对我千恩万谢。他说，化验员哪，你可真是认真哪。那一次通知我复查，我想一定是我有病，吓死我了。这几天，我思前想后，把一辈子的事都想过了一遍。幸亏又查了一次，证明我没病。你为病人真是不怕辛苦啊！

我抿着嘴不吭声。

后来领导和同志们知道了这件事，都夸我工作认真并谦虚谨慎。

在以后很长的时间里，我都为自己当时的灵动机智而得意。

我的年纪渐长，青春离我远去，肌体像奔跑过久的拖拉机，开始穿越病魔布下的沼泽。有一天，当我也面临重病的笼罩，对最后的化验结果望穿秋水的时候，我才懂得了自己当年的残忍。我对医生的一颦一笑察言观色，我千百次地咀嚼护士无意的话语。我明白了，当人们忐忑在生死边缘时，心灵是多么的脆弱。

为了掩盖自己一个小小的过失，不惜粗暴地弹拨病人弓弦般紧张的神经，我感到深深的懊悔。

我们可以吓唬别人，但不可吓唬病人。当他们患病的时候，精神是一片深秋的旷野，无论多么轻微的寒风，都会引起萧萧黄叶的凋零。

让我们像呵护水晶一样呵护人的心灵。

翻浆的心

那年，我"五一"放假回家，搭上一辆地方上运送旧轮胎的货车，颠簸了一天，夜幕降临才进入离家百来里的戈壁。正值春天，道路翻浆。

突然，在无边的沉寂当中，立起一根土柱，遮挡了银色的车灯。

"你找死吗？你！你个小兔崽子！"司机破口大骂。

我这才看清是个青年，穿着一件黄色旧大衣，拎着一个系着棕绳的袋子。

"我不是找死，我要搭车，我得回家。"

"你没长眼睛吗？驾驶室已经有人了，哪有你的地方！"司机愤愤地说。

"我没想坐驾驶室，我蹲车厢里就行。"

司机还是说："不带！这样的天，你蹲车厢里，会生生冻死！"说着，便踩着油门，准备闪过他往前开。

那人抱住车灯说："就在那儿……我母亲病了……我到场部好不容易借点小米……我母亲想吃……"

"让他上车吧。"我有些同情地说。

他立即抱着口袋往车厢里爬，"谢谢谢……谢……"最后一个"谢"字已是从轮胎缝隙里发出来的。

夜风在车窗外凄厉地鸣叫。司机说："我有一个同事，是个很棒的师傅。一天，他的车突然消失了，很长时间没有踪影。后来才知道，原来是有个青年化装成一个可怜的人，拦住了他的车，上车以后把他杀死，甩在沙漠里，自己把车开跑了。从此我们司机绝不敢让不认识的人特别是年轻人上车。你是我老乡，说了话我才破例的。"

我心里一沉，我到司机身后小窗的一个小洞，屏住气向里窥探。

朦胧的月色中，那个青年如一团肮脏的雾，抱着头，龟缩在起伏的轮胎里。每一次颠簸，他都被橡胶轮胎击打得嘭嘭作响。

"他好像有点冷，别的就看不出什么。"我说。

"再仔细瞅瞅。我好像觉得他要干什么。"

这一次，我看到青年敏捷地跳到两个大轮胎之间，手脚麻利地搬动着我的提包。那里装着我带给父母的礼物。"哎呀，他偷我的东西呢！"

司机很冷静地说："怎么样？我说得不错吧。""然后会怎么样呢？"我带着哭音说。"你也别难过。我有个法子试一试。"只见他狠踩油门，车就像被横刺了一刀的烈马，疯狂地弹射出去。我顺着小洞看去，那人仿佛被冻僵了，弓着腰抱着头，企图凭借冰冷的橡胶御寒。我的提包虽已被挪了地方，但依旧完整。

我把所见同司机讲了，他笑了，说："这就对了。他偷了东西，原本是要跳车的，现在车速这么快，他不敢动了。"

路变得更加难走，车速减慢了。

我不知如何是好，紧张地盯着那个小洞。青年也觉察到了车速的变化，不失时机地站起身，再次抓起了我的提包。

我痛苦得几乎大叫，就在这时，司机趁着车的趔趄，索性加大了摇晃的频率，车身剧烈倾斜，车窗几乎吻到路旁的沙砾。

再看青年，扑倒在地，像一团被践踏的草，虚弱但仍不失张牙舞爪的姿势，贪婪地守护着我的提包——他的猎物。

司机继续做着"高难"动作。我又去看那青年，他像夏日里一条疲惫的狗，无助地躺在轮胎中央。

道路毫无先兆地平滑起来，翻浆也消失得无影无踪。司机说："扶好你的脑袋。"

我一时没明白过来，但司机凶狠的眼神启发了我。就在他的右腿狠狠地踩下去之前，我采取最紧急的自救措施：双腿紧紧抵地，双腕死撑着面前的铁板……不用看我也知道，那个青年，在这突如其来的急刹车面前，可能变成一堆零件。

"怎么样？至少也得脑震荡。看他还有没有劲偷别人的东西！"

司机踌躇满志地说。

我想到贼娃子一定伤了元气，一时半会儿可能不会再打我提包的主意，心里安宁了许多。只见那个青年艰难地在轮胎缝里爬，不时还用手抹一下脸，把一种我看不清颜色的液体弹开……他把我的土包紧紧地抱在怀里，往手上哈着气，摆弄着上面的提梁。这时，他扎在口袋上的绳子已经解开，就等着把我提包里的东西搬出去呢……

"师傅，他……他还在偷，就要把我的东西拿走了……"我惊恐万状地说。"是吗？"师傅这次反倒不慌不忙，嘴角甚至露出隐隐的笑意。

"到了。"司机干巴巴地说。我们到一个兵站了，也是离那个贼娃子住的村最近的公路。他家那儿根本不通车的，至少还要往沙漠腹地走10公里……司机打亮了驾驶室里的大灯，说："现在不会出什么事了。"

那个青年挽着他的口袋，像个木偶似的往下爬，狼狈地踩着车轮跌下来，跪坐在地上。不过才个把时辰的车程，他脸上除了原有的土黄之外，还平添的青紫，额上还有蜿蜒的血迹。

"学学啦……学学……"他的舌头冻僵了，把"谢"说成了"学"。

我们微笑地看着他，不停地点头。

他说："学学你们把车开得这样快，我知道你们是在为我赶路，怕我的母亲喝不上小米粥。天亮前，我赶得到家了……学学……"他抹一把下颌，擦掉的不知是眼泪、鼻涕还是血。

司机一字一顿地说："甭啰唆了。拿好你的东西，回家吧！"

他点点头，恋恋不舍地离开了我们。

看着他蹒跚的身影，我不由自主地喝了一声："你停下！"

"我要查查我的东西少了没有。"我很严正地对他说。

司机赞许地冲我眨眨眼。

青年迷惑地面对我们，脖子柔软地耷拉下来，不堪重负的样子。我爬上车厢，动作是从未有过的敏捷。我看到了我自己的提包，像一个胖胖的婴儿，安适地躺在黝黑的轮胎之中。我不放心地摸索着它，拉锁的咪齿，咬合紧密，毫不松懈。

突然触到棕毛样的粗糙，我意识到这正是搭车人袋子上那截失踪的棕绳。它把我的提包牢牢地固定在车厢的木条上，像焊住一般结实。

我的心像突然遭遇寒流，冻得皱缩起来。

锻造心情

心情好像一种很柔软的东西，经常因为自然界的风花雪月或是人世间的阴晴冷暖，剧烈波动着，蛛丝般震颤飘荡，无所依傍，哪里用得上"锻造"这样充满了金属音响的词呢？

心情于我们是那样重要。健康与美丽，如若没有一副好心情，犹如沙上建塔，水中捞月，一切都无从谈起。心情与我们形影不离，不，它甚至比影子的追随还要固守得多。光不存在的时候，影子就藏在深深的暗中了。只有心情牢牢黏附在胸膛最隐秘的地方，坚定不移地陪伴着我们。快乐的人，在黑夜中也会绽出笑容；凄苦的人，即使睡着了，梦中也滴泪。

心情是心田的庄稼。只要心脏在跳动，心情就播种着，活跃着，生长着，更迭着，强有力地制约着我们的生存状态。可能没有爱情，没有自由，没有健康，没有金钱，但我们必有心情。

心情是我们的收割机呢。如果你懊丧，收获的就是退缩畏葸和一事无成。如果你落落寡合，只一味地倾诉苦难，朋友最终会离去，留你孑然面对孤灯。如果你昂扬，希望就永远微茫地闪动，激你前行。如果你百折不挠，生活每一次把你压扁，你都会充满了韧性和幽默地弹跳而起，螺旋向上。如果你向每一丛绿树和鲜花打招呼，它们必会回报你欢笑与芬芳……

如果你渴望健康和美丽，如果你珍惜生命每一寸光阴，如果你愿为这世界增添晴朗和欢乐，如果你即使倒下也面向太阳，那么，请锻造心情。

它宁静而坚定，像火山爆发后凝固的岩浆，充满海绵状的孔隙又坚硬无比。它可以蕴藏人生的苦难，但绝不会被苦难所粉碎。它感应快乐的时候如丝如弦，体贴人间的每一分感动。它凝重时如锚如链，风暴中使巨轮安稳如磐。它在一次次精彩的淬火中，失去的是杂质，获得的是强韧。它延展着，包容着，被覆着我们裸露的神经，保卫着我们精神的海洋与天空。它是蓝色澄清的内心疆域，在那里栖息着我们永不疲倦的灵魂。

让我们的成品——沉稳宁静广博透明的心情，覆盖生命的每一个清晨和夜晚。从此不再因外界的风声鹤唳而瑟瑟发抖，不再因世间的荣辱得失而锱铢计较，不再因身体的顿挫不适而万念俱灰，不再因生命的瞬忽飘逝而惆怅莫名……

人生因此健康，因此壮丽。

珍惜愤怒

　　小时候看电影，虎门销烟的英雄林则徐在官邸里贴一条幅"制怒"。由此知道怒是一种凶恶而丑陋的东西，需要时时去制服它。

　　长大后当了医生，更视怒为健康的大敌。师传我，我授人；怒而伤肝，怒较之烟酒对人为害更烈。人怒时，可使心跳加快，血压升高，瞳孔散大，寒毛竖紧……一如人们猝然间遇到老虎时的反应。

　　怒与长寿，好像是一架跷跷板的两端，非此即彼。

　　人们渴望强健，人们于是憎恶愤怒。

　　我愿以我生命的一部分为代价，换取永远珍惜愤怒的权利。

　　愤怒是人的正常情感之一，没有愤怒的人生，是一种残缺。当你的尊严被践踏，当你的信仰被玷污，当你的家园被侵占，当你的亲人被残害，你难道不滋生出火焰一样的愤怒吗？当你面对丑恶面对污秽，面对人类品质中最阴暗的角落，面对黑夜里横行的鬼魅，你难道能压抑住喷薄而出的愤怒吗？！

　　愤怒是我们生活中的盐。当高度的物质文明像软绵绵的糖一样簇拥着我们的时候，现代人的意志像被泡酸了的牙一般软弱。小悲小喜缠绕着我们，我们便有了太多的忧郁。城市人的意志脱了钙，越来越少倒拔垂杨柳强硬似铁怒目金刚式的愤怒，越来越少见幽深似海水波不兴却孕育极大张力的愤怒。

没有愤怒的生活是一种悲哀。犹如跳跃的麋鹿丧失了迅速奔跑的能力，犹如敏捷的灵猫被剪掉胡须。当人对一切都无动于衷，当人首先戒掉了愤怒，随后再戒掉属于正常人的所有情感之后，人就在活着的时候走向了永恒——那就是死亡。

我常常冷静地观察他人的愤怒，我常常无情地剖析自己的愤怒。愤怒给我最深切的感受是真实，它赤裸而新鲜，仿佛那颗勃然跳动的心脏。

喜可以伪装，愁可以伪装，快乐可以加以粉饰，孤独忧都能够掺进水分，唯有愤怒是十足成色的赤金。它是石与铁撞击一瞬痛苦的火花，是以人的生命力为代价锻造出的双刃利剑。

喜更像是一种获得，一种他人的馈赠。愁则是一枚独自咀嚼的青橄榄，苦涩之外别有滋味。唯有愤怒，那是不计后果不顾代价无所顾忌的坦荡的付出。在你极度愤怒的刹那，犹如裂空而出横无际涯的闪电，赤裸裸地裸露了你最隐秘的内心。于是，你想认识一个人，你就去看他的愤怒吧！

愤怒出诗人，愤怒也出统帅，出伟人，出大师，愤怒驱动我们平平常常的人做出辉煌的业绩。只要不丧失理智，愤怒便充满活力。

怒是制不服的；犹如那些最优秀的野马，迄今没有任何骑手可以驾驭它们。愤怒是人生情感之河奔泻而下的壮丽瀑布，愤怒是人生命运之曲抑扬起伏的高亢音符。

珍惜愤怒，保持愤怒吧！愤怒可以使我们年轻。纵使在愤怒中猝然倒下，也是一种生命的壮美。

行使拒绝权

拒绝是一种权利，就像生存是一种权利。

古人说，有所不为才能有所为。这个"不为"，就是拒绝。

人们常常以为拒绝是一种迫不得已的防卫，殊不知它更是一种主动的选择。

纵观我们的一生，选择拒绝的机会，实在比选择赞成的机会，要多得多。因为生命对于我们只有一次，要用唯一的生命成就一种事业，就需在千百条道路中寻觅仅有的花径，我们确定了"一"，就拒绝了九百九十九。

拒绝如影随形，是我们一生不可拒绝的密友。

我们无时无刻不是生活在拒绝之中，它出现的频率，远较我们想象的频繁。

你穿起红色的衣服，就是拒绝了红色以外所有的衣服。

你今天上午选择了读书，就是拒绝了唱歌跳舞，拒绝了参观旅游，拒绝了与朋友的聊天，拒绝了和对手的谈判……拒绝了支配这段时间的其他种种可能。

你的午餐是馒头和炒菜，你的胃就等于庄严宣布同米饭、饺子、馅饼和各式各样的煲汤绝缘。无论你怎样逼迫它也是枉然，因为它容积有限。

你选择了律师这个职业，毫无疑问就等于拒绝了建筑师的头衔。也许一个世纪以前，同一块土地还可套种，精力过人的智慧者还可多方向出击，游刃有余。随着现代社会的发展，任何一行都需从业者的全力以赴，除非你天分极高，否则兼作的最大可能性，是在两条战线功败垂成。

你认定了一个男人或是一个女人为终身伴侣，就斩钉截铁地拒绝了这世界上数以亿计的男人和女人。也许他们更坚毅更美丽，但拒绝就是取消，拒绝就是否决。拒绝使你一劳永逸，拒绝让你义无反顾，拒绝在给予你自由的同时，取缔了你更多的自由。拒绝是一条单航道，你开启了闸门，江河就奔腾而下，无法回头。

拒绝对我们如此重要，我们在拒绝中成长和奋进。如果你不会拒绝，你就无法成功地跨越生命。

拒绝的实质是一种否定性的选择。

拒绝的时候，我们往往显得过于匆忙。

我们在有可能从容拒绝的日子里，胆怯而迟疑地挥霍了光阴。我们推迟拒绝，我们惧怕拒绝。我们把拒绝比作困境中的背水一战，只要有一分可能，就鸵鸟似的缩进沙砾。殊不知当我们选择拒绝的时候，更应该冷静和周全，更应有充分的时间分析利弊与后果。拒绝应该是慎重思虑之后一枚成熟的浆果，而不是强行捋下的酸葡萄。

拒绝的本质是一种丧失，它与温柔热烈的赞同相比，折射出冷峻的付出与掷地有声的清脆，更需要果决的判断和一往无前的勇气。

你拒绝了金钱，就将毕生扼守清贫。

你拒绝了享乐，就将布衣素食天涯苦旅。

你拒绝了父母，就可能成为飘零的小舟，孤悬海外。

你拒绝了师长，就可能被逐出师门自生自灭。

你拒绝了一个强有力的男人相助，他可能反目为仇，在你的征程上布下道道激流险滩。

你拒绝了一个神通广大的女人的青睐，她可能笑里藏刀，在你意想不到的瞬间刺得你遍体鳞伤。

你拒绝上司，也许象征着与一个如花似锦的前程分道扬镳。

你拒绝了机遇，它永不再回头光顾你一眼，留下终身的遗憾任你咀嚼。

拒绝不像选择那样令人心情舒畅，它森严的外衣里裹着我们始料不及的风刀霜剑。像一种后劲很大的烈酒，在漫长的夜晚，使我们头痛目眩。

于是我们本能地惧怕拒绝。我们在无数应该说"不"的场合沉默，我们在理应拒绝的时刻延宕不决。我们推迟拒绝的那一刻，梦想拒绝的冰冷体积，会随着时光的流逝逐渐缩小以至消失。

可惜这只是我们善良的愿望，真实的情境往往适得其反。我们之所以拒绝，是因为我们不得不拒绝。

不拒绝，那本该被拒绝的事物，就像菜花状的癌肿，蓬蓬勃勃地生长着，浸润着，侵袭我们的生命，一天比一天更加难以救治。

拒绝是苦，然而那是一时之苦，阵痛之后便是安宁。

不拒绝是忍，心字上面一把刀。忍是有限度的，到了忍无可忍的那一刻，贻误的是时间，收获的是更大的痛苦与麻烦。

拒绝是对一个人胆魄和心智的考验。

拒绝是一门艺术。

拒绝也分阳刚派与阴柔派。

怒发冲冠是拒绝，浅吟低唱也是拒绝。义正词严是拒绝，王顾左右而言他也是拒绝。声色俱厉是拒绝，低眉敛目也是拒绝。横刀跃马是拒绝，丝弦管竹也是拒绝。

只要心意决绝，无论何方舞台，都可演成拒绝的绝唱。

拒绝有时候需要借口。

借口是一层稀薄的帷幕。它更多表达的是一种善意一种心情。而同表面的含义无关。

借口悬挂于双方之间，使我们彼此听得见拒绝清脆的声音，看不见拒绝淡漠的表情，因此维持着最后的礼仪。

许多被拒绝的人，执着地追问借口的理由，以为驳倒了理由就挽救了拒绝。这实在是一种淡淡的愚蠢，理由是生长在拒绝这棵大树上取之不竭用之不尽的叶子。如果你真的是想挽回拒绝，去给大树浇水吧。

在某种程度上，借口会销蚀拒绝的力度。它把人们的注意力牵扯到无关的细节，而忽略了坚硬的内核。就像过多的糖稀，会损坏牙齿的珐琅质。它混淆了拒绝真实凝重的本色，使原本简单的事物斑驳不清。

相较之下，我更喜欢那种干干净净没有任何赘物的斩钉截铁的拒绝，它像北方三九天的冰凌，有一种肝胆相照的晶莹和砰然断裂的爽快。不但是个人意志的伸张，而且是给予对方的信任和尊崇。

拒绝对于女人来说，是终生必修的功课。

天下无数繁杂的道路，你只能走一条。你若是条条都走，那就等于在原地转圈子，俗称"鬼打墙"。

女人使用拒绝的频率格外高，是因为女人面对的诱惑格外多。

拒绝是女人贴身的软甲，拒绝是女人进攻的宝剑。

拒绝卑微，走向崇高。

拒绝不平，争取公道。

拒绝无端的蔑视和可恶的恩惠，凭自己的双手和头颅挺身立于性别之林。

不懂得拒绝的女人，如果不是无可救药的弱智，就是倚门卖笑的流莺。

因为拒绝，我们将伤害一些人。这就像春风必将吹尽落红一样，有时是一种进行中的必然。如果我们始终不拒绝，我们就不会伤害别人，但是我们伤害了一个跟自己更亲密的人，那就是我们自身。拒绝的味道，并不可口。当我们鼓起勇气拒绝以后，忧郁的惆怅伴随着我们，一种灵魂被挤压的感觉，久久挥之不去。

因为惧怕这种难以言说的感觉，我们有意无意地减少了拒绝。在人生所有的决定里，拒绝是属于破坏而难以弥补的粉碎性行为。这一特质决定了我们在做出拒绝的时候，需要格外的镇定与慎重。

然而拒绝一旦做出，就像打破了的牛奶杯，再不会复原。它凝固在我们的脚步里，无论正确与否，都不必原地长久停留。

拒绝是没有过错的，该负责任的是我们在拒绝前做出的判断。

不必害怕拒绝，我们只需更周密的决断。

拒绝是一种删繁就简，拒绝是一种举重若轻。拒绝是一种大智若愚，拒绝是一种水落石出。

当利益像万花筒一般使你眼花缭乱之时，你会在混沌之中模糊了视线。尝试一下拒绝吧。

你依次拒绝那些自己最不喜欢的人和事，自己的真爱就像退潮时的礁岩，嶙峋地凸现出来，等待你的攀援。

当你抱怨时间像被无数餐刀分割的蛋糕，再也找不到属于你自己的那朵奶油花时，尝试一下拒绝。

你把所有可做可不做的事拒绝掉，时间就像湿毛巾里的水，一滴一滴地拧出来了。

当你发现生活中蕴涵着太多的苦恼，已经迫近一个人能够忍受的极限，情绪面临崩溃的边缘时，尝试一下拒绝吧。

你也许会发现，你以前不敢拒绝，是为了怕增添烦恼，但是恰恰相反，拒绝像一柄巨大的梳子，快速地理顺了杂乱无章的日子，使天空恢复明朗。

当你被陀螺般旋转的日子搅得耳鸣目眩，忘记了自己是从哪里来，要到哪里去的时候，尝试一下拒绝吧。

你会惊讶地发觉自己从复杂的包装中清醒，唤起久已枯萎的童心，感叹我们每一个人都是自然之子。

拒绝犹如断臂，带有旧情不再的痛楚。

拒绝犹如狂飙突进，孕育天马行空的独行。

拒绝有时是一首挽歌，回荡袅袅的哀伤。

拒绝更是破釜沉舟的勇气，一种直面淋漓鲜血惨淡人生的气概。

拒绝也不可太多啊。假如什么都拒绝，就从根本上拒绝了每个人只有一次的辉煌生命。

智慧地勇敢地行使拒绝权。

这是我们每个人与生俱来的权利，这是我们意志之舟劈风斩浪的白帆。

保持惊奇

惊奇，是天性的一种流露。

生命的第一瞬就是惊奇。我们周围的世界，为什么由黑暗变得明朗？周围为什么由水变成了气？温度为什么由温暖变得清凉？外界的声音为何如此响亮？那个不断俯视我们亲吻我们的女人是谁？

从此我们在惊奇中成长。

这个世界上，有多少值得惊奇的事情啊。苹果为什么落地，流星为什么下雨，人为什么兵戎相见，历史为什么世代更迭……

孩子大睁着纯洁的双眼，面对着未知的世界，不断地惊奇着，探索着，在惊奇中渐渐长大。

惊奇是幼稚的特权，惊奇是一张白纸。

但人是不可以总是惊奇着的。在生命的某一个时辰，你突然因为你的惊奇，遭逢尴尬与嘲笑。你惊奇地发现——惊奇在更多的时候，是稚弱的表现，是少见多怪的代名词，是一种原始蛮荒的状态。

对于我们这个崇尚见怪不怪其怪自败、尊重老练成熟的民族心理中，惊奇是如胎发一般的标志。

你想成功吗？你首先须成功地把自己的惊奇掩盖起来。

我们的词典里，印着许多诸如"处变不惊""宠辱不惊"的词汇，使"不惊"镀着大将风度的金辉，而"惊"则屈于永久的贬义。

翻那词典，后面更有了"惊慌失措""大惊失色""惊恐万分"的形容，"惊"堕落着，简直就是怯懦、退缩、畏葸的同义语了。

于是人们开始厌恶惊奇。你想做大事吗？一个必备的基本功，就是训练自己丧失惊奇。

你看到生活远没有书本上描写得那么美好，你不要惊奇。

你看到爱情远不是传说中那般纯洁，你不要惊奇。

你看到友谊根本不是故事中那般忠诚，你不要惊奇。

你看到日子绝不如想象中那般绚烂，你不要惊奇……

如果你惊奇了，你就违反了一条透明的规则，会遭到别人阳光下或是暗影里的嘲笑：这个孩子还嫩着呢。

你在一次次碰壁后醒悟到：即使你对这个世界还一知半解，你还搞不清问题的全部，但有一点你现在就能做到——那就是——埋葬你的惊奇。

你看到丑恶，假装没有看到，依旧面不改色谈笑风生，人们就会送你人情练达的评价。你听到秽闻，仿佛在那一刻患了突发性的耳聋，脸上毫无表情，人们会感觉你老于世故可以信赖。你被美丽美好美妙的景色感动，只可以默默地藏在心底，脸上切不可露出少见多怪的惊异，人们就会以为，你少年老成，有大谋略大气魄，是可做将帅的优良材料。你碰到可歌可泣的人间至情，要把心肠练得硬如钻石，脸不变色心不跳。就算真搅得肝肠寸断，只可夜晚躲在无人处暗自咀嚼，切不可叫人觑了去，落得个柔情寡断的罪名……

现代社会是一只飞速旋转的风火轮，把无数信息强行灌输给我们。见多不怪，我们的心灵渐渐在震颤中麻痹，更不消说有意识地掩饰我们的惊讶，会更猛烈地加速心灵粗糙。在纷繁的灯红酒绿和人为的打磨中，我们必将极快地丧失掉惊奇的本能。

于是我们看到太多矜持的面孔。我们遭遇无数微笑后面的冷淡。我们把惊奇视作一种性格缺憾，我们以为永不惊讶才是人生的至高境界。

细细分析起来，"惊奇"是由两部分组成的，先有了"惊"，其次才是"奇"。如果说"惊"属于一种对陌生事物认识局限的愕然，"奇"则是对未知事物积极探讨的萌芽了。

否认了"惊"，就扼杀了它的同胞兄弟。我们将在无意之中，失去众多丰富自己的机遇。

假如牛顿不惊奇，他也许就把那个包裹着真理的金苹果，吃到自己的小肚子里面了。人类与伟大的万有引力相逢，也许还要迟很多年。

假如瓦特不惊奇，水壶盖噗噗响着，一个划时代的发现，就蒸发到厨房的空气中了。我们的蒸汽火车头，也许还要在牛车漫长的辙道里蹒跚亿万公里。

即使对普通人来说，掩盖惊奇，也易闹笑话。一位乡下朋友，第一次住进城里的宾馆。面对盥洗室里那些式样别致的洁具，他想不通人洗一个脸，何至于要如此麻烦。他不会使用这些物件，本来请教一下服务小姐，也就迎刃而解了。可是他不想暴露自己的惊奇，就用地上一个雪白的盛着半盆水的瓷器，洗了脸。后来他才知道，那是马桶。

这当然是一个极端的例子了。我之所以把它写在这里，绝无幸灾乐祸之意。现代社会令人眼花缭乱，每个人在某种意义上说，都是孤陋寡闻的。你在你的行业里是专家里手，在其他领域，完全可能是白痴。这不是羞愧的事情，坦率地流露惊奇，表示自己对这一方面的无知以及求知的探索，是一种可嘉的勇气。

我认识一位老人，一天兴致勃勃地同我探讨电脑的种种输入方法。他整整八十二岁了，肾脏功能已经衰竭，我坚信他这一辈子也不可能在电脑键盘上敲出一个字。他在自己的专业范畴里，是一位德高望重的长者，但对电脑的理解多有谬误，就连我这个二把刀也听出了许多破绽。但是老人家充满探索之光的惊奇的眼神，却在这一瞬像探照灯一样扫过我的灵魂。面对他青筋暴突微微颤抖的手，我想，不知我这一生可否活得这样高寿，不论我生命的历程有多长，我一定要记得这目光炯炯的惊奇，学习他对世界的这份挚爱。绝不仅仅沉浸在熟悉的航道，始终保持对辽阔海域的探索，直到我最后一次呼吸。

惊奇是一种天然而不是制造出来的。它是真情实感的火花。一块滚圆的鹅卵石，便不再会惊讶江河的波涛。惊奇蕴涵着奋进的活力。

惊奇不仅仅是幼稚，惊奇不仅仅是无知，惊奇是在它们基础上的深化和挺进。

你既然惊奇了，你就要探索这奥妙。你既然惊奇了，你就不能仅仅止于惊奇。爱好惊奇的人，也需爱好将惊奇转化为平凡。消灭惊奇的过程，也就是学习的过程，惊奇在熟悉中淡化，才干在惊奇中成长。

世界是没有止境的，惊奇也是没有止境的。惊奇是流动的水，它使我们的思想翻滚着，散发着清新，抗拒着腐烂。

在城市里待得久了，常常使我们丧失惊奇的本能。我们蟮一样滑行着，浑身粘满市侩的黏液。

到自然中去，造化永远给我们以大惊喜。和寥廓的宇宙相比，个人的得失是怎样的微不足道啊。不要小看山水的洗涤，假如真正同天地对话，我们定会惊奇自己重新获得活力。

如果无法到自然中去，就同与自己没有利害关系的从小的朋友，做一次促膝的谈心。利害关系这件事，实在是交友的大敌。我不相信有永久的利益，我更珍视患难与共的友谊。长留史册的，不是锱铢必较的利益，而是肝胆相照的情分。和朋友坦诚地交往，会使我们留存着对真情的敏感，会使我们的眼睛抹去云翳，心境重新开朗，惊奇就在这清明的心境中，翩翩来临了。

假如既没有自然可以依傍，又没有朋友可以信赖，真是人生的大憾事。只有在静夜中同自己对话，回忆那些经历中最美好的片段，温习曾经使心灵震撼的镜头。它也许是很小的一朵旷野花，也许是冬天的一盏红灯笼，也许是苍茫的大漠暮色，也许是雄浑激荡的乐曲……总之那是独属于你的一份秘密，只有你才知道它对于你的惊奇的意义。古语说：学而时习之，不亦说乎。复习以往我们情感中最精彩的片段，常常会使我们整旧如新。

保持惊奇，我常常这样对自己说。它是一眼永不干涸的温泉，会有汩汩的对于世界的热爱，蒸腾而起，滋润着我们的心灵。

人生如带

　　人类送往太空的礼品中，有一盘录有声响的带子。其他星球上的生物，有一天将凭着这带子认识我们地球人。

　　能在这样的带子上留下痕迹，该是至上的光荣。

　　人生的节奏越来越快。

　　好像有一只无形的狼犬追逐着我们，每个人都在和冥冥之中的某种速度竞赛。

　　有一个主宰一切的幽灵，拧紧我们的每一寸筋骨，驱使我们向前。

　　这是怎样一种至尊无上的力量？

　　它就是生命的不可重复性。

　　每个人诞生的时候，都是上帝之手涂抹干净的一盘磁带。伴随我们的生命，它开始缓缓地转动，录下大自然的风雨，录下慈父母的教诲，录下前人心血的结晶，录下远方未知的问号……

　　在带子的尽头，是沙沙走动的无声无息的空白。

每个人都顽强地想留下属于自己的声音。

带子默然向前，不理睬人们的叹息与挽留。它只保存一代又一代人类最精彩的声响，使自身更臻完美与辉煌。

与人类永恒的传送带相比，我们每个人渺小如蚁、孱弱如丝、轻淡如烟、消逝如水。

带子输送着一代又一代的人们走进宇宙的深处，那是一去不复返的轨道。

带子不断清洗着嘈杂的声音，毫无商量地拒绝重复。带子只承认最新鲜、伟大的发明，在历史的沉积中变得越来越坚硬，要在上面留下痕迹越来越艰难了。

你必须用人类迄今为止最优异的养料滋润自己的头脑，你要站在巨人的肩膀上。

巨人屹立着，并不因为你的弱小而弯下臂膀。巨人沉默着，他们敞开自己，却不肯搀扶你。攀登巨人几乎费掉我们毕生的精力，许多人在这样的探索中凝固，成为巨人的一部分，悲哀地失去了自身。

当那些最勇敢、最智慧的人攀到前所未有的高度时，迎接他们的是严寒与荒凉。

面对纷繁的星空和遥远的黑洞，你踏出高贵而孤独的脚步。

你极可能走错，湮灭如灰尘。

带子是不保留探索者的脚印的，它淡然地看着一位位先驱者仆倒，只为成功者留下位置。

宇宙用死亡限制人们的步伐。人类的每一个婴儿降生，都是历史的一次重新开始。智者离开时，卷走了他们没有诉诸文字的所有发现。

历史不记录回声。人的生命是长度固定的锁链，为了对抗死亡，为了在重复学习之余留出创造的空间，只有在每一个生命之环上负载更多的希冀与沉重，人类日益变得匆忙与紧张。

做人是越来越累了。我们已无暇再创造语言与文字这类服务于全人类的精神奢侈品，我们已在忙乱中迷失最初的意愿。人们越来越频繁地聚散，物品越来越快地更迭。我们以为过程就是终极，我们在旋转，以为是前进。

带子沉默着。冷静甚至冷酷地等待着我们。

它只记录最优秀的声音。假如世间暗哑，它就耐心地等待。

人们在万籁俱寂的深夜，倾听生命的磁带。

它均匀地无声地行进着，期待着。

阅读是一种孤独

阅读的感觉难以比拟。

它有些像吃。对于头脑来说，渴望阅读的时刻必定虚怀若谷。假如脑袋装得满满当当，不断溢出香槟酒一样的泡沫，不论这泡沫是泛着金黄的铜彩还是热恋的粉红，都不宜于阅读，尤其是阅读名著。

头脑需嗷嗷待哺，像荒原上觅食的狼。人愈是年轻的时候，愈是贪吃。随着年龄的增长，我们吃得渐渐地少了，但要求渐渐地精了。我们知道了什么于我们有益，什么于我们无补。我们不必像小的时候，总要把整碗面都吃光，才知道碗底下并没有卧着个鸡蛋。我们以为是碗欺骗了我们，其实是缺少经验。有许多长寿的人，你问他常吃什么食品，他们回答说：什么都吃，并无特殊的禁忌。但有许多东西他们只尝一口，就尖锐地判断出成色。我想寿星佬的胃一定都是很坚强的，只有一个坚强的胃才能养活得了一个聪明的脑。读书也是一样，好的书，是人参燕窝熊掌，人生若不大快朵颐，岂不白在世上潇洒走过一回？坏的书，是腐肉砒霜氰化物，浪费了时间贻误了性命。关于读什么书好的问题，要多听老年人的意见，他们是有经验的水手。也许在航道的选择上有趋于保守的看法，但他们对于风暴的预测绝对准确。名著一般多是经过了许多年代的考验，是被大师们的智慧之磨研磨了无数遭的精品。读的时候，像烈火烹油的满汉全席，为大享乐。

它有些像睡。我小的时候，当我忧愁，当我病痛，当我莫名其妙烦躁的时候，妈妈总是摸着我的头说，去睡吧，睡一觉也许就好了。睡眠中真的蕴藏着奇妙的物质，起床的时候我们比躺下时信心倍增。阅读是一种精神的按摩，在书页中你嗅得见悲剧的泪痕，摸得着喜剧的笑靥，可以看清智者额头的皱纹，不敢碰撞勇士鲜血淋淋的创口……当合上书的时候，你一下子苍老又顿时年轻。菲薄的纸页和人所共知的文字只是由于排列的不同，就使人的灵魂和它发生共振，为精神增添了新的钙质。当我们读完名著的最后一个字时，仿佛从酣然梦幻中醒来，重又生机盎然。

它有些像搏斗。阅读的时候，我们不断同书的作者争辩。我们极力想寻出破绽，作者则千方百计把读者柔软的思绪纳入他的模具。在这种智力的角斗中，我们往往败下阵来。但思维的力度却在争执中强硬了翅膀。在读名著的时候，我常常在看上一页的时候，揣测下一页的趋势。它们经常同我的想象悬殊甚远。这种时候我会很高兴，知道自己碰上了武林中的高手。大师们的著作像某一流派掌门人的秘籍，记载着绝世的功法。细细研读，琢磨他们的一招一式，会在潜移默化中悟出不可言传的韵律。只是江湖上的口诀多藏之深山传之密室，各个学科大师们的真迹却是唾手而得。由于它的廉价和平凡，人们常常忽视了它的价值。那是古往今来人类最智慧的大脑留给我们的结晶啊！我一次次在先哲们辉煌的思辨与精湛的匠艺面前顶礼膜拜，我一次次在无与伦比的语言搭配之下惊诧莫名……我战胜自己的怯懦不断地阅读它们，勇敢地从匍匐中站起。我知道大师们在高远的天际微笑着注视着后人，他们虽然灿烂却已经凝固。他们是秒表上固定了的记录，是一根不再升高的横杆。今人虽然暗淡，但我们年轻。作为阅读者，我们还处在生命的不断蜕变之中，蛹里可能飞出美丽的蝴蝶。在阅读中，我们被征服。我们在较量中蓬勃了自身，迸发出从未有过的力量。

阅读是一种孤独。几个人共看一本书，那只是在极小的时候争抢连环画。它同看电影看录像听音乐会是那样的不同。前者是一块巨大的生日蛋糕可以美味地共享，后者只是孤灯下的一盏清茶，只可独啜，倾听一个遥远的灵魂对你一个人的窃窃私语。他在不同的时间对不同的人说过同样的话，但你此时只感觉他在为你而歌唱。如果你不听，他也不会恼，只会无声地从书页里渗出悲悯的叹息。你啪地合上书，就把一代先哲幽禁在里面。但你忍不住又要打开它，穿越历史的灰尘与他对话。

阅读名著不可以在太快乐的时光。人们在幸福的时候往往读不进书。快乐是一团粉红色的烟雾，易使我们的眼睛近视。名著里很少恭维幸运的话语，它们更多是苦难之蚌分泌的珍珠。

　　阅读名著也不可在太富裕的时刻。阅读其实是思索的体操，富裕的膏脂太多时，脑子转动得就慢了。名著多半是智者饿着肚子时写成的，过饱者是不大读得懂饥饿的文字的。真正的阅读，可以发生在喧嚣的人海，也可以坐落在冷峻的沙漠。可以在灯红酒绿的闹市，也可以在月影婆娑的海岛。无论周围有多少双眼睛，无论分贝达到怎样的嘈杂，真正的阅读注定孤独。那是一颗心灵对另一颗心灵单独的捶击，那是已经成仙的老爷爷特地为你讲的故事。

心灵的力量

引发感动的导火索，

也许举不胜举，可以有形，

也可以是无所不在的氛围和若隐若现的天籁。

感动可以骑着任何颜色的羽毛，

在清晨或是深夜，

不打招呼地就进入了心灵的客厅，

在那里和我们的灵魂倾谈。

暴风雨是一个筛子

　　我35岁的时候，考上了一所夜大。每天下班后，要穿越五条街道去读书。一天傍晚，台风突然来了，暴雨如注。老师还会不会来上课呢？我拿不准。那时，电话还不普及，打探不到确切的消息。考虑了片刻，我穿上了雨衣，又撑开一把伞，双重保险，冲出屋门。风雨中，伞立刻被劈开，成了几块碎布。雨衣也背叛了我，鼓胀如帆，拼命要裹挟我到云中去。我扔了雨衣，连滚带爬赶到了学校，看门的老人却说，从老师到学生，除了我，没有一个人来！

　　那一瞬，我非常绝望。不单是极端的辛苦化为泡沫，更有无穷的委屈和沮丧。

　　老人见我失魂落魄的样子，让我进他的小屋歇口气。伴着窗外瀑布般的水龙，老人缓缓地说："你以后会有大出息。"我说："我是一个大傻瓜啊！"

　　他说："所有学生里，只有你一个人来上学了。看，暴风雨是一个筛子。胆子小的，思前想后的，都被它筛了下去，留下了最有胆识和最不怕吃苦的人。"

　　那一瞬，好似空中打了一个闪电，我的心被照得雪亮。也许我不是3000名学生当中最聪明的，但今晚的暴雨，让我知道了，我是3000名学生中最有胆识和毅力的人。

　　从那以后，我就多了一份自信，一步步有了今天的成功。

你为什么而活着

我有过若干次讲演的经历，在北大和清华，在军营和监狱，在农村土坯搭建的课堂和美国最奢华的私立学校……面对从医学博士到纽约贫民窟的孩子等各色人群，我都会很直率地谈出对问题的想法。在我的记忆中，有一次的经历非常难忘。

那是一所很有名望的大学，约过我好几次了，说学生们期待和我进行讨论。我一直推辞，我从骨子里不喜欢演说。每逢答应一桩这样的公差，就要莫名地紧张好几天。但学校方面很执着，在第N次邀请的时候说，该校的学生思想之活跃甚至超过了北大，会对演讲者提出极为尖锐的问题，常常让人下不了台，有时演讲者简直是灰溜溜地离开学校。

听他们这样一讲，我的好奇心就被激励起来，我说，我愿意接受挑战。于是，我们就商定了一个日子。

那天，大学的礼堂挤得满满的，当我穿过密密的人群走向讲台的时候，心里涌起怪异的感觉，好像是"文革"期间的批斗会场，不知道今天将有怎样的场面出现。果然，从我一开始讲话，就不断地有条子递上来，不一会儿，就在手边积成了厚厚一堆，好像深秋时节被清洁工扫起的落叶。我一边讲课，一边充满了猜测，不知道树叶中潜伏着怎样的思想炸弹。讲演告一段落，进入回答问题阶段，我迫不及待地打开了堆积如山的纸条，一张张阅读。那一瞬，台下变得死寂，偌大的礼堂仿若空无一人。

我看完了纸条说，有一些表扬我的话，我就不念了。除此之外纸条上提得最多的问题是——"人生有什么意义？请你务必说真话，因为我们已经听过太多言不由衷的假话了。"

我念完这个纸条以后，台下响起了掌声。我说你们今天提出这个问题很好，我会讲真话。我在西藏阿里的雪山之上，面对着浩瀚的苍穹、壁立的冰川，如同一个茹毛饮血的原始人，反复地思索过这个问题。我相信，一个人在他年轻的时候，是会无数次地叩问自己——我的一生，到底要追索怎样的意义？

我想了无数个晚上和白天，终于得到了一个答案。今天，在这里，我将非常负责地对大家说，我思索的结果是：人生是没有任何意义的！

这句话说完，全场出现了短暂的寂静，如同旷野。但是，紧接着就响起了暴风雨般的掌声。

那是我在讲演中获得的最激烈的掌声。在以前，我从来不相信有什么"暴风雨"般的掌声这种话，觉得那只是一个拙劣的比喻。

但这一次，我相信了。我赶快用手做了一个"暂停"的手势，但掌声还是绵延了若干时间。

我说，大家先不要忙着给我鼓掌，我的话还没有说完。我说人生是没有意义的，这不错，但是——我们每一个人要为自己确立一个意义！

是的，关于人生的意义的讨论，充斥在我们的周围。很多说法，由于熟悉和重复，已让我们从熟视无睹滑到了厌烦。可是，这不是问题的真谛。真谛是，别人强加给你的意义，无论它多么正确，如果它不曾进入你的心理结构，它就永远是身外之物。比如我们从小就被家长灌输过人生意义的答案。在此后漫长的岁月里，谆谆告诫的老师和各种类型的教育，也都不断地向我们批发人生意义的补充版。但是，有多少人把这种外在的框架，当成了自己内在的标杆，并为之下定了奋斗终生的决心？

那一天结束讲演之后，我听到有同学说，他觉得最大的收获是听到有一个活生生的中年人亲口说，人生是没有意义的，你要为之确立一个意义。

其实，不单是中国的青年人在目标这个问题上飘忽不定，就是在美国著名学府哈佛大学，也有很多人无法在青年时代就确立自己的目标。我看到一则材料，说某年哈佛的毕业生临出校门的时候，校方对他们做了一个有关人生目标的调查，结果是百分之二十七的人，完全没有目标；百分之六十的人目标模糊；百分之十的人有近期目标；只有百分之三的人有着清晰而长远的目标。

二十五年过去了，那百分之三的人不懈地朝着一个目标坚忍努力，成了社会的精英，而其余的人，成就要相差很多。

我之所以提到这个例子，是想说明在人生目标的确立上，无论中国还是外国的青年，都遭遇到了相当程度的朦胧或是混沌状态。有人会说，是啊，那又怎么样？我可以一边慢慢成长，一边寻找自己的人生意义啊。我平日也碰到很多青年朋友，诉说他们的种种苦难。我在耐心地听完那些折磨他们的烦心事之后，把他们乞求帮助的目光撇在一旁，我会问，你的人生目标是什么呢？

他们通常会很吃惊，好像怀疑我是否听懂了他们的愁苦，甚至恼怒我为什么对具体的问题视而不见，而盘问他们如此不着边际的空话。更有甚者，以为我根本就没有心思听他们说话，自己胡乱找了个话题来搪塞。

我会迎着他们疑虑的目光，说，请回答我的这个问题，你为什么而活着呢？

年轻人一般会很懊恼地说，这个问题太大了，和我现在遇到的事没有一点关联。我会说，你错了。世上的万事万物都有关联。有人常常以为心理上的事只和单一的外界刺激有关，就事论事，其实心理和人生的大目标有着纲举目张的紧密接触。很多心理问题，实际上都是人生的大目标出现了混乱和偏移。

举个例子。一个小伙子找到我，说他为自己说话很快而苦恼，他交了一个女朋友，感情很好。但女孩子不喜欢他说话太快。一听他口若悬河滔滔不绝地说个没完，女孩就说自己快变成大头娃娃了。还说如果他不改掉这毛病，就不能把他引荐给自己的妈妈，因为老人家最烦的就是说话爱吐唾沫星子的人。

你说我怎么才能改掉说话太快的毛病？他殷切地看着我，闹得我都觉得如果不帮他这个忙，简直就成了毁掉他一生爱情和事业的凶手。

我说，你为什么要讲话那么快呢？

他说，如果慢了，我怕人家没有耐心听完我的话。您知道，现在的社会节奏那么快，你讲慢了，人家就跑了。

我说，如果按照你的这个观点发挥下去，社会节奏越来越快，你岂不是就得说绕口令了？你的准丈母娘就不是这样的人啊，她就喜欢说话速度慢一点并且注意礼仪的人啊。

他说，好吧，就算你说的这两种人都可以并存，但我还是觉得说话快一些，比较占便宜，可以在单位时间内传达更多的信息。

我说，那你的关键就是期待别人能准确地接受你的信息。你以为只有快速发射信息才是唯一的途径。你对自己的观点并不自信。

他说，正是这样。我生怕别人不听我的，我就快快地说，多多地说。

当他这样说完之后，连自己也笑起来。我说，其实别人能否接受我们的观点，语速并不是最重要的。而且，你能告诉我，你为什么这样在意别人是否能接受你的观点？

这个说话很快的男孩突然语塞起来，忸怩着说，我把理想告诉你，你可不要笑话我。

我连连保证绝不泄密。他说，我的理想是当一个政治家。所有的政治家都很雄辩，你说对吧？

我说，这咱们就接触到了问题的实质。要当一个政治家，第一要自信。他们的雄辩不是来自速度，而是来自信念。一个自信的人，不论说话快还是慢，他们对自我信念的坚守流露出来，会感染他人。我知道你有如此远大的理想，这很好。你要做的事，不是把话越说越快，而是积攒自己的力量，让自己的信念更加坚强。

那一天的谈话就到此为止。后来，这个男生告诉我，他讲话的速度就慢了下来，也被批准见到了自己的准丈母娘，听说很受欢迎。

这边刚刚解决了一个说话快的问题，紧接着又来了一位女硕士，说自己的心理问题是讲话太慢，周围的人都认为她有很深的城府，不敢和她交朋友，以为在她那些缓慢吐出的话语背后，隐藏着怎样的阴谋。

我试了很多方法，却无法让自己说话快起来，烦死了。她慢吞吞对我这样说，语速的确有一种压抑人的迟缓，好像在话的背后还隐藏着另一句话。

我看她急迫的神情，知道她非常焦虑。

我说，你讲每一句话是否都要经过慎重的考虑？

她说，是啊。如果不考虑，讲错了话，谁负得了这个责？

我说，你为什么特别怕讲错话？

女硕士说，因为我输不起。我家庭背景不好，家里有人犯了罪，周围的人都看不起我们；家里很穷，从小靠亲戚的施舍我才能坚持学业。我生怕一句话说差了，人家不高兴，就不给我学费了。所以，连问一句"你吃了吗？"这样中国最普通的话，我也要三思而后行。我怕人家说，你连自己的饭都吃不饱，也配来问别人吃饭问题。

听到这里，我说，我明白了。你觉得自己的每一句话都可能引致他人的误解，给自己造成不良影响。

女硕士连连说，对对，就是这样的。

我笑了，说，你这一句话说得并不慢啊。

她说，那我是相信您不会误会我。

我说，这就对了。你说话速度慢，不是一个技术性的问题，是你不能相信别人。你是否准备一辈子都不相信任何人？如果是这样的话，我断定你的讲话速度是不会改变的。如果你从此相信他人，讲话的速度自然会比较适宜，既不会太慢，也不会太快，而是能收放自如。

那个女生后来果然有了很大的改变，她的人际关系也有了进步。

今天我们从一个很大的目标谈起，结果要在一个很小的地方结束。我想说，一个人的心理是一座斗拱飞檐的宫殿，这座宫殿的基础就是我们对自己人生目标的规划和对世界对他人的基本看法。一些看起来是技术和表面的问题，其实内里都和我们的基本人生观有着千丝万缕的联系。心理问题切不可头痛医头脚痛医脚，那样如同创可贴，只能暂时封住小伤口，却无法从根本上让我们的精神强健起来。

等待你的第二颗糖

时间：很多年前的一个稍稍有点闷热的午后。

地点：得克萨斯州一个小镇小学的校园里。

氛围：空气中弥漫着苹果花的气味。

人物：这所小学中某个班的8名学生，他们是被随意挑出来的，并不是成绩特别的好或是特别的坏。总之，他们是普通的孩子，活泼好动，充满好奇。

故事就在漫不经心中开始了。老师领着他们，走进了校长室旁边一间很大的房子，房子有明晃晃的落地窗，看得见长尾巴的喜鹊和跳跃的小松鼠。孩子们都很高兴，与众不同总是令人兴奋的，为什么没有挑中别的孩子呢？为什么仅仅是我们8个人呢？定要发生点什么的，在这春天的午后。

但是，在相当长的时间内，什么事也没有发生。正当孩子们开始不安的时候，老师来了。老师不是单独的一个人，跟在她后面的是一个30多岁的男子，孩子们谁也不认识他。不过，这男人看起来

176

很和气，他笑眯眯地走到8个孩子中间，给每个人发了颗穿着美丽外衣的糖果。这男子说："这颗糖果是我送给你的，从现在开始，它就属于你啦！"

一个孩子欢呼跳跃起来说："那我就可以把它吃掉了？"

男人说："当然啦！它是你的，你可以随时吃掉它，一点问题也没有。不过啊，一会儿我会出去一趟。如果谁能坚持着不吃掉这颗糖，而是等我回来以后再吃这糖，你就会得到两粒同样的糖果作为奖励。"说完他和老师一起转身离开了。

漫长的等待开始了，尤其对小孩子来说，面对一颗诱人糖果的等待，简直可算是残酷折磨。那个谁也不认识的男人走出去好像很久了，谁知道他说的话算不算数呢？他到底还会不会回来呢？他回来以后，真的还会带回来同样好吃的糖果分给大家吗？

没有人回答孩子们的问题。许诺像一滴洇开的墨水，随着时间水域的扩大，越来越模糊了。只有那颗美丽的糖果，真真切切地横在每个孩子的面前，证明刚才那个男人确实出现过。时间一分一秒地过去，男人石沉大海，糖果在孩子们的眼里，变得越来越大了。

终于，有一个孩子忍不住了，他伸手剥掉了精美的糖纸，把糖一口放进了自己的嘴巴，并且不由自主地"吧嗒"出声来。就算他不出声，空气中立刻飘荡起来的美妙气味，也让别的孩子垂涎欲滴。既然每个人都有一颗糖，既然这颗糖本来就是自己的，既然已经有人开始吃了，并且如此好吃，我为什么不吃呢？

榜样的力量是无穷的。又有几个孩子忍不住了，他们抓起自己眼前的精美糖果，三下五除二地剥开了糖果外衣，空中充溢着甜香，糖纸如彩蝶飘落在地。不过，并不是所有的孩子都吃了糖，仍有一半以上的孩子，拼命咽着口水，忍受着诱惑，控制着自己。等得地老天荒啊，那个陌生而和蔼的男人，终于回来了。而且他真的抱着一个糖罐，那些坚守着没有吃糖的孩子们，每人又得到了两颗糖。

现在，局面发生了逆转。那些抵御住了诱惑并坚持等待的孩子，一共得到了3颗糖。那些早早地就把自己的那颗糖咽到肚子里去的孩子，只剩下了一张皱缩的糖纸。

这个等待的时间，有多久呢？40分钟。40分钟对于一个成人来说，算不了太久，但对于一个世事懵懂的孩子来说，几乎相当于数年。

这是心理学上一个经典的实验，名字叫作"延迟满足"。上面所说的过程，并不是实验的全部，而只是一个稍带悬念的开始。那个陌生的男人，是一位心理学家。他像影子一样，开始跟踪这8个孩子，时间长达整整20年。最后的研究成果证明，凡是能够抵御短暂的诱惑，达到"延迟满足"的学生，数学、语文的成绩，要比那些熬不住、早早就吃了糖的学生，平均要高出20分。这还不算完，等到参加工作后，能够做到"延迟满足"的人，基本上不会在困难面前低头，他们比较坚韧，多能走出困境获得成功。

　　这个实验证明，能够抵御唾手可得的利益，是一种优良的心理素质。通过努力得到许诺，并不是一件容易的事情。很多人等不住，被眼前的蝇头小利所诱惑，一叶障目，不见泰山，最后反倒是因小失大两手空空。

　　也许有人说，如果有人告知我，一定会有好的前程在远方等待，那么，我也是能等的。最怕的是你等了很久很久，却没有等到你的第二颗糖。

　　是的，当我第一次得知这个实验的时候，也心存疑惑。人生并没有一个和蔼的老者或是中年人，发给我们第一颗糖。也不曾许诺在遥远或是并不遥远的将来，一定会有第二颗糖，披着彩衣款款而来。生活充满了未知数，却并不都是甜蜜。

　　那么，这个实验的真髓是什么呢？

　　是忍耐和等待。在未知结果的情形下，安之若素地坚守。如果你早早知道了结果，那坚守的过程，更像是投资或是投机。因为你知道你的每一分钟都会有回报，骨子里是一种交换。对于这样成色不纯的忍耐，我的敬意就会打折扣。

　　真正的坚守，是没有人给予你任何承诺的，流逝的只是岁月，子存的只是信念。一种苍凉中的无望守候，维系意志的只有心的一往无前。人总是要信点什么的，这不是因为别人的要求，纯粹是自发的本能。如果你什么都不信，那你靠什么来规定自己本能之上的追索呢？你必得信点什么，最主要是坚信我们的生命是有意义的。

这个意义不在于有没有外在的奖励，有没有别人的评价，只存乎我们一心，对生命的敬畏，对岁月的仰视。

今日正好是端午节。带着青苇的香和裹得绷胀的粽子，如同刚进城的乡下娃娃，壮硕而见棱见角地被端了上来。那五色的丝线，因淋了水，姹紫嫣红如蚂蚱的腿和公鸡的冠。遥想生命，虽然没有彩线的捆扎，没有丰润的糯软，没有绿的叶和红枣豆沙的甜馅，却依然是上天普赐的礼物，是值得珍惜着好好过下去的。也许我们始终等不到那第二颗糖，但等待依然是有意义的，因为无限的可能性存在于等待的分分秒秒中。

自信第一课

1972年的一天，领导通知我速去乌鲁木齐报到，新疆军区军医学校在停顿若干年后这年第一次招生，只分给阿里军分区一个名额，首长经过研究讨论，决定让我去。

按理说，我听到这个消息应该喜出望外才是。且不说我能回到平地，吸足充分的氧气，让自己被紫外线晒成棕褐色的脸庞得到"休养生息"，就是从学习的角度讲，在重男轻女的部队能够把这样宝贵的唯一的名额分到我头上，也是天大的恩惠了。但是在记忆中，我似乎对此无动于衷，也许是雪山缺氧把大脑纤维冻得迟钝了。我收拾起自己简单的行李，从雪山走下来，奔赴乌鲁木齐。

1969年，我从北京到西藏当兵，那种中心和边陲的，文明和旷野的，优裕和茹毛饮血的，高地和凹地的，温暖和酷寒的，五颜六色和纯白的……一系列剧烈反差，就在我的心底搅起了沧海桑田般的变化。面临死亡咫尺之遥，面对冰雪整整三年，我再也不是当初那个天真烂漫的城市女孩，内心已变得如同喜马拉雅山万古不化的寒冰般苍老。我不会为了什么事件的突发和变革的急剧而大喜大悲，只会淡然承受。

入学后，从基础课讲起，用的是第二军医大学的教材，教员由本校的老师和新疆军区总医院临床各科的主任、新疆医学院的教授担任。记得有一次，考临床病例的诊断和分析。要学员提出相应的治疗方案。那是一个不复杂的病案，大致的病情是由病毒引起重度上呼吸道感染，病人发烧流涕咳嗽、血象低，还伴有一些阳性体征。我提出方案的时候，除了采用常规的治疗外，还加用了抗菌素。

讲评的时候，执教的老先生说："凡是在治疗方案里使用了抗菌素的同学都要扣分。因为这是一个病毒感染的病例，抗菌素是无效的。如果使用了，一是浪费，二是造成抗药，三是无指征滥用，四是表明医生对自己的诊断不自信，一味追求保险系数……"老先生发了一通火，走了。

后来，我找到负责教务的老师，讲了课上的情况，对他说："我就是在方案中用了抗菌素的学员。我认为那位老先生的讲评有不完全的地方。我觉得冤枉。"

教务老师说："讲评的老先生是新疆最著名的医院的内科主任，是在1949年前的帝国医科大学毕业的；在国民党的军队里做到很高的医官，他的医术在整个新疆是首屈一指的。把这老先生请来给你们讲课，校方已冒了很大的风险。他是权威，讲得很有道理。你有什么不服的呢？"

我说："我知道老先生很棒。但是具体问题要具体分析。他提出的这个病例并没有说出就诊所在的地理位置。比如要是在我的部队，在海拔5000米以上的高原，病员出现高烧等一系列症状，明知是病毒感染，一般的抗菌素无效，我也要大剂量使用。因为高原气候恶劣，病员的抵抗力大幅度下降，很可能合并细菌感染。如果到了临床上出现明确的感染征象时才开始使用抗菌素的话，那就晚了，来不及了。病员的生命已受到严重威胁……"

教务老师沉默不语。最后，他说："我可以把你的意见转告给老先生，但是，你的分数不能改。"

我说："分数并不重要。您听我讲完了看法，我已知足了。"

教室的门开了，校工闪了进来，搬进来一把木椅子摆在讲案旁，且侧放。我们知道，老先生又要来了。也许是年事已高，也许是习惯，总之，老先生讲课的时候是坐着的，而且要侧着坐，面孔永远不面向学生，只是对着有门或有窗的墙壁。不知道他这是积习，还是不屑于面对我们，或是有什么难言之隐。

这一次，老先生反常地站着。他满头白发，面容黝黑如铁，身板挺直如笔管，让我笃信了他曾是国民党医官一说。

老先生目光如锥，直视大家，音量不大，但在江南口音中运了力道，话语中就有种清晰的硬度了。他说："听说有人对我的讲评有意见，好像是一个叫毕淑敏的同学。这位同学，你能不能站起来，让我这个当老师的也认识你一下？"

我只有站起来。

老先生很注意地看了我一眼，说："好。毕淑敏，我认识你了，你可以坐下了。"

说实话，那几秒钟，真把我吓坏了。不过，有什么办法呢？说出的话就像注射到肌肉里的药水一样，你是没办法抠出来的。

全班寂静无声。

老先生说："毕淑敏，谢谢你。你是好学生，你讲得很好。你的话里有一部分不是从我这儿学到的，因为我还没有来得及教给你那么多。是的，作为一个好的医生，一定不能全搬书本，一定不能教条，要根据具体的情况决定治疗方案。在这一点上，你们要记住，无论多么好的老师，也不可能把所有的规则都教给你们。我没有去过毕淑敏所在的那个5000米高的阿里，但是我知道缺氧对人的影响。在那种情况下，她主张使用抗菌素是完全正确的。我要把她的分数改过来……"

我听到教室里响起一阵轻微的欢呼。因为写了抗菌素治疗的不仅我一个，很多同学为这一改正而欢欣。

老先生紧接着说："但在全班，我只改毕淑敏一个人的分数。你们有人和她写的一样，还是要被扣分。因为你们没有说出她那番道理，是知其然而不知其所以然。你现在再找我说也不管事了，即使你是冤枉的也不能改。因为就算你原来想到了，但对上级医生的错误没敢指出来。对年轻的医生来说，忠诚于病情和病人，比忠实于导师要重要得多。必要的时候，你宁可得罪你的上司，也万万不能得罪你的病人……"

这席话掷地有声。事过这么多年，我仍旧能够清晰地记得老先生如锥的目光和舒缓但铿锵有力的语调。平心而论，他出的那道题目是要求给出在常规情形下的治疗方案，而我竟从某个特殊的地理环境出发，并苛求于他。对一个初出茅庐的年轻人的不全面的异议，老先生表现出虚怀若谷的气量和真正医生应有的磊落品格。

真的，那个分数对我来说完全不重要，重要的是我在此番高屋建瓴的话语中悟察到了一个优等医生的拳拳之心。

我甚至有时想，班上同学应该很感激我的挑战才对。因为没过多长时间，老先生就因为身体的关系不再给我们讲课了。如果不是我无意中创造了这个机会，我和同学们的人生就会残缺一段非常凝重宝贵的教诲。

我的三年习医生涯，在我的生命中是一个重大的转折。我从生理上明了了人体，也从精神上对自己有了更多的信任。我知道了我们的灵魂居住在怎样的一团组织之中，也知道了它们的寿命和限制。如果说在阿里的时候我对生命还是模模糊糊的敬畏，那么，教师的教诲使我确立了这样的观念：一生珍爱自身，并把他人的生命看得如珠似宝，全力保卫这宝贵而脆弱的珍品。

蚕是被自己的丝裹住的

　　蚕是被自己的丝裹住的，这是一个真理。每一个养过蚕的人和没有养过蚕的人，都知道这件事。蚕丝是一寸一寸吐出来的，在吐的时候，蚕昂着头，很快乐专注的样子。蚕并没有意识到，正是自己的努力劳动，才将自己的身体束缚得紧紧。直到被人一股脑儿丢进开水锅里，煮死，然后那些美丽的丝，成了没有生命的嫁衣。

　　这是蚕的悲剧。当我们说到悲剧的时候，不由自主地持了一种观望的态度。也许，是"剧"这个词，将我们引入歧途。以为他人是演员，而我们只是包厢里遥远的安全的看客。其实，作茧自缚的情况，绝不如想象的那样罕见，它们广泛地存在于我们周围，空气中到处都飘荡着纷飞的乱丝。

　　钱的丝飞舞着，很多人在选择以钱为生命指标的时候，看到的是钱所带来的便利和荣耀的光环。钱是单纯的，但攫取钱的手段却不是那样单纯。把一样物作为自己奋斗的目标，它的危险，不在于这物品的本身，而在于你是怎样获取它并消费它。或许可以说，收入钱的能力还比较地容易掌握，支出它的能力则和人的综合素质有极大的关系，在这个意义上讲，有些人是不配享有大量的金钱的。如同一个头脑不健全的人，如果碰巧有了很大的蛮力，那么，无论是对于他本人还是对于他人，都不是一件幸事。在一个社会财富和个人财富飞速增长的时代，钱是温柔绚丽的，钱也是飘浮迷茫的，钱的乱丝令没有能力驾驭它的人窒息，直至被它绞杀。

爱的丝也如四月的柳絮一般飞舞着，迷乱着我们的眼，雪一般覆盖着视线。这句话严格说起来，是有语病的。真正的爱，不是诱惑，是温暖。只会使我们更勇敢和智慧，但的确有很多人被爱包围着，时有狂躁。那就是爱的没有节制了。没有节制的爱，如同没有节制的水和火一样，甚至包括氧气，同是灾难性的。

水火无情，大家都是知道的。但是谈到氧气，那是一种多么好的东西啊。围棋高手下棋的时候，吸氧之后，妙招迭出，让人疑心气袋之中是否藏有古今棋谱？记得我学习医科的时候，教授讲过这样一个故事。一名新护士值班，看到衰竭的病人呼吸十分困难，用目光无声地哀求她——请把氧气瓶的流量开得大些。出于对病人的悲悯，加上新护士特有的胆大，当然，还有时值夜班，医生已然休息。几种情形叠加在一起，于是她想，对病人有好处的事，想来医生也该同意的，就在不曾请示医生的情况下，私自把氧气流量表拧大。气体通过湿化瓶，汩汩地流出，病人顿感舒服，眼中满是感激的神色，护士就放心地离开了。那夜，不巧来了其他的重病人。当护士忙完之后，捋着一头的汗水再一次巡视病房的时候，发现那位衰竭的病人，已然死亡。究其原因，关键的杀手竟是——氧气中毒。高浓度的氧气抑制了病人的呼吸中枢，让他在安然的享受中丧失了自主呼吸的能力，悄无声息地逝去了……

很可怕，是不是？丧失节制，就是如此恐怖的魔杖。它令优美变成狰狞，使怜爱演为杀机。

谈到爱的缠裹带给我们的灾难，更是俯拾即是。放眼观察，会发现很多。多少人为爱所累，沉迷其中，深受其苦。在所有的蚕丝里面，我以为爱的丝，可能是最无形而又最柔韧的一种。挣脱它，也需要最高的能力和技巧。这当中的奥秘，须每一个人细细揣摩练习。

还有工作的丝，友情的丝，陋习的丝，嗜好的丝……或松或紧地包绕着我们，令我们在习惯的窠臼当中难以自拔。

逢到这种时候，我们常常表现得很无奈很无助，甚至还有一点点敝帚自珍的狡辩。常常可以听到有人说，我也知道自己的毛病，也不是不想改，可就是改不掉。我就是这样一个人了……当他说完这些话的时候，就好像对自己和众人都有了一个交代，然后脸上就显出安坦无辜的样子，仿佛合上了牛皮纸封面的卷宗。

每当这种时候，我在悲哀的同时，也升起怒火。你明知你的茧，是你自己吐的丝凝成的，你挣扎在茧中，你想突围而出。你遇到了困难，这是一种必然。但你却为自己找了种种的借口，你向你的丝退却了。你一面吃力地咬断包围你的丝，一面更汹涌地吐出你的丝，你是一个作茧自缚的高手，你比推石头的西西弗斯还惨。他的石头只是滚下又滚下，起码并没有变得更大更沉重。你的丝却在这种突围和分泌的交替中，汲取了你的气力，蚕食了你的信心，它令你变得越来越不喜爱自己，退缩着，在茧中藏得更深更严密更闭锁更干瘪了。

我们每个人都有一些茧。这些茧背负在我们的身上，吸取着我们的热量，让我们寒冷，令前进的速度受限。撕碎这茧，没有外力和机械可供支援，只有靠自己的心和爪。

茧破裂的时候，是痛苦的。茧是我们亲手营造的小世界。茧的空间虽是狭窄的，也是相对安全的。甚至一些不良的嗜好，当我们沉浸其中的时候，感受到的也是习惯成自然的熟络。打破了茧的蚕，被鲜冷的空气，闪亮的阳光，新锐的声音，陌生的场景……刺激着，扰动着，紧张的挑战接踵而来。这种时刻的不安，极易诱发退缩。但它是正常和难以避免的，是有益和富于建设性的。你会在这种变化当中，感受到生命充满爆发的张力，你知道你活着痛着并且成长着。

有很多人终身困顿在他们自己的茧里。这是他们自己的选择，当生命结束的时候，他们也许会恍然发觉，世界只是一个茧，而自己未曾真正地生活过。

没有一棵小草自惭形秽

　　被人邀请去看一棵树，一棵古老的树。大约有五千年的历史，已被唐朝的地震弯折了腰，半匍匐着，依然不倒，享受着人们尊敬的注视。

　　我混在人群中直着脖子虔诚地仰望着古树顶端稀疏的绿叶，一边想，人和树相比是多么的渺小啊。人生出来，肯定是比一粒树种要大很多倍，但人没法长得如树般伟岸。在树小的时候，人很容易就把树枝包括树干折断，甚至把树连根拔起，树就结束了生命。就算是小树长成了大树，归宿也是被人伐了去，修成各种各样实用的物件。长得好的树，花纹美丽木质出众，也像美女一样，红颜薄命，被人劫掠的可能性更大，于是很多珍贵的树种濒临灭绝。在这一点上，树是不如人的。美女可以人造，树却是不可以人造的。

　　树比人活得长久，只要假以天年，人是绝对活不过一棵树的。树并不以此傲人，爷爷种下的树，照样以硕硕果实报答那人的孙子或是其他人的后代。

通常情况下，树是绝对不伤人的。即便如前几天报上所载一些村民在树下避雨，遭了雷击致死，那元凶也不是树，而是闪电，树也是受害者。人却是绝对伤树的，地球上森林数量的锐减就是明证，人成了树的天敌。

树比人坚忍。在人不能居住的地方，树却裸身生长着，不需要炉火或是空调的保护。树会帮助人的，在饥馑的时候，人扒过树的皮以充饥，我们却从未听到过树会扒下人的什么零件的传闻。

很多书籍记载过这棵古树，若是在树群里评选名树的话，这棵古树是一定名列前茅了。很多诗人词人咏颂过这棵古树，如果树把那些词句都当作叶子一般披挂起来，一定不堪重负。唐朝的地震不曾把它压倒，这些赞美会让它扑在地上。

树的寿命是如此的长久，居然看到过妲己那个朝代的事情。在我们死后很多年，这棵古树还会枝叶繁茂地生长着。一想到这一点，无边的嫉妒就转成深深的自卑。作为一个人活不了那么久远，伤感让我低下头来，于是我就看到了一棵小草，一棵长在古树之旁的小草。只有细长的两三片叶子，纤细得如同婴儿的睫毛。树叶缝隙的阳光打在草叶的几丝脉络上，再落到地上，阳光变得如绿纱一样飘浮了。

这样一株柔弱的小草，在这样一棵神圣的树底下，一定该俯首称臣毕恭毕敬了吧？我竭力想从小草身上找出低眉顺眼的谦卑，最后以失望告终。这棵不知名的小草，毫无疑问是非常渺小的。就寿命计算，假设一岁一枯荣，老树很可能见过小草五千辈以前的祖先。就体量计算，老树抵得过千百万小草集合而成的大军。就价值来说，人们千里万里路地赶了来，只为瞻仰老树，我敢肯定没有一个人是为了探望小草。

既然我作为一个人，都在古树面前自惭形秽了，小草你怎能不顶礼膜拜？我这样想着，就蹲下来看着小草。在这样一棵历史久远声名卓著的古树身边为邻，你岂不要羞愧死了？

小草昂然立着，我向它吐了一口气，它就被吹得蜷曲了身子，但我气息一尽，它就像弹簧般伸展了叶脉，快乐地抖动着。我再吹一口气，它还是在弯曲之后怡然挺立。我悲哀地发现，不停地吹下去，有我气绝倒地的一刻，小草却安然。

草是卑微的，但卑微并非指向羞惭。在庄严的大树身旁，一棵微不足道的小草都可以毫不自惭形秽地生活着，何况我们万物灵长的人类！

风不能把阳光打败

"但是"这个词，好似能把皮坎肩缀在一起的丝线，多用在一句话的后半截，表示转折。比方说：你这次的考试成绩不错，但是——强中自有强中手。比方说：这女孩身材不错，但是——皮肤黑了些。不知"但是"这个词刚发明的时候，对它前后意思的分量，是否大致公允？也就是说，它只是一个单纯纽带，并不偏谁向谁。后来在长期的使用磨损中，悄悄变了。无论在它之前，堆积了多少褒词，"但是"一出，便像撒了盐酸的污垢，优点就冒着泡沫没了踪影。记住的总是贬义，好似爬上高坡，没来得及喘口匀气，"但是"就不由分说把你推下了谷底。

"但是"成了把人心捆成炸药包的细麻绳，成了马上有冷水泼面的前奏曲，让你把前面的温暖和光明淡忘，只有振起精神，迎击扑面而来的顿挫。

其实，所有的光明都有暗影，"但是"的本意，不过是强调事物立体。可惜日积月累的负面暗示，"但是"这个预报一出，就抹去了喜色，忽略了成绩，轻慢了进步，贬斥了攀升。

一位心理学家主张大家从此废弃"但是"，改用"同时"。比如我们形容天气的时候，早先说：今天的太阳很好，但是风很大。今后说：今天的太阳很好，同时风很大。

最初看这两句话的时候，好像没有多大差别。你不要急，轻声地多念几遍，那分量和语气的韵味，就体会出来了。"但是风很大"——会把人的注意力凝固在不利的因素上。觉得太阳好不是件值得高兴的事情，风大才是关键。借助了"但是"的威力，风把阳光打败。

"同时风很大"——它更中性和客观，前言余音袅袅，后语也言之凿凿。不偏不倚，公道而平整。它使我们的心神安定，目光精准，两侧都观察得到，头脑中自有安顿。一词背后，潜藏着的是如何看待世界和自身的目光。花和虫子，一并存在。我们的视线降落在哪里？"但是"，是一副偏光镜，让我们聚焦在虫子，把它的影子放得浓黑硕大。

"同时"，是一个透明的水晶球，均衡地透视整体。既看见虫子，也看见无数摇曳的鲜花。

尝试着用"同时"代替"但是"吧。时间长了，你会发现自己多了勇气，因为情绪得到保养和呵护。你会发现拥有了宽容和慈悲，因为更细致地发现了他人的优点。你能较为敏捷地从地上爬起，因为看到沟坎的同时也看到了远方的灯火……

你的身体里必有一颗成功的种子

在每个人的生命里，都有一个关于创造的秘密，等待着被发现，那将是你的第二次诞生。

你一定要相信，在你的身体里，有一颗种子，焦灼地盼望着阳光。至于它到底是一颗什么种子，在没有发芽之前，谁也不知道。

你的责任就是给它浇水，保护它不被鸟雀啄食，不因为干渴而失去生机。不会被人偷走，也不会在你饥肠辘辘的时刻被你炒熟了充饥。如果那样做了，你虽可一时果腹，却丧失了长久发展的原动力。

那颗种子可能藏在你的耳朵里，你就有了灵敏的听觉。可能藏在你的手指甲里，你就有了非凡的触觉。也可能在你的眸子里，也可能在你的肌肉中。当然了，更可能在你的大脑中、心脏里、双手中……

每个人在属于个人的成长经历中，早已获得了解决问题的丰富宝藏。请信任我们的潜意识，它必定能在正确的时机产生恰当的回应。告诉你一句悄悄话——有时候，信息也将以非语言的方式揭露真相。

找找吧。一定找得到！

身体里绝对有不少于一百种的功能，能保证你在浑然不觉中完成种种复杂的运作。但你不要以为功能们会一直老老实实地待在那里，它们是勤勤恳恳的，却不是任劳任怨的。

如果你一直视它们的存在为理所当然，从来不照料它们，不维护和激励它们，或是过度使用，或是置若罔闻，那么，它们不是反抗就是消极怠工，也许集体突围，无声无息地溜走了，让你误以为它们从来不曾居住在你的身体里。要知道，一辈子无意识地随波逐流，会导致你各种功能的退化。

成功并不像想象的那样难。因为我们不敢做，它才变得难起来。

人生有三件事不能俭省

　　无论世界变得如何奢华，我还是喜欢俭省。这已经变得和金钱没有很密切的关系，只是一个习惯。我这样说，实在是因为俭省的机会其实很廉价，俯拾即是遍地滋生。比如不论牙膏管子多么丰满，但你只能在牙刷毛上挤出大约1.5到2厘米的膏条，而不是1尺长。因为你用不了那么多，你不能把自己的嘴巴变成螃蟹聚会的洞穴。再比如无论你坐拥多少橱柜的衣服，当暑气蒸人的时候，你只能穿一件纯棉的T恤衫。如果把貂皮大衣焐在身上，轻则长满红肿热痛的痱毒，重了就会中暑倒地一命呜呼。俭省比奢华要容易得多，是偷懒人的好伴侣——用最直截了当的方式和最小的花费直抵目标。

　　然而有三件事你不能俭省。

　　第一件事是学习。学习是需要费用的，就算圣人孔子，答疑解惑也要收干肉为礼。学习费用支出的时候，和买卖其他货物略有不同。你不知道究竟能得到多少知识，这不单决定于老师的水平，也决定于你自己的状态。这在某种情况下就有点隔山买牛的味道，甚至比股票的风险还大。谁也不能保证你在付出了学费之后一定能考上大学，你只能先期投入。机遇是牵着婚纱的小童，如果你不学习，新娘就永远不会出现在你人生的殿堂。

第二件事是旅游。每个人出生的时候都是蝌蚪，长大了都变作井底之蛙。这不是你的过错，只是你的限制，但你要想法弥补。要了解世界，必须到远方去。旅游是需要花钱的，谁都知道。旅游的好处却不是一眼就能看到的，常常需要日积月累潜移默化的蓄积。有人以为旅游只是照一些相片买一些小小的工艺品，其实不然。旅行让我们的身体感悟到不同的风和水，我们的头脑也在不同风情的滋养下变得机敏和多彩。目光因此老辣，谈吐因此谦逊。

第三件事情是锻炼身体。古代的人没有专门锻炼身体的习惯，饥一顿饱一顿全无赘肉。生存的需要逼得他们不停奔跑狩猎，闲暇的时候就装神弄鬼，在岩壁上凿画，在篝火边跳舞，都不是轻体力劳动，积攒不下多余的卡路里。社会进步了，物质丰富了，用不完的热量成了我们挥之不去的负担。于是要人为地在机器上跋涉，在充满氯气的池子里浮沉，在人造的雪花和冰面上打滚，在矫揉造作的水泥峭壁上攀爬……这真是愚蠢的奢侈啊，可我们没有办法，只有不间断地投入金钱，操练贫瘠的肌肉和骨骼，以保持最起码的力量和最基本的敏捷。

有没有省钱的方法呢？其实也是有的。把人生当作课堂，向一切人学习，就省了上学的钱。徒步到远方去，就省了旅游的钱。不用任何健身器械，就在家里踢毽子高抬腿做广播体操……就省了健身的钱。

然而，这也是破费，因为我们付出了时间。

感动是一种能力

　　感动在词典上的意思是——"思想感情受外界事物的影响而激动，引得同情或向慕"。虽然我对这本词典抱有崇高的敬意，依然认为这种说法不够精准。甚至有点词不达意。难道感动是如此狭窄，只能将我们引向同情或是向慕的小道吗？这对"感动"来说，似乎不全面、不公平吧？感动比这要丰饶得多，辽阔得多，深邃得多啊。

　　感动最望文生义最平直的解释就是——感情动起来了。你的眼睛会蒸腾出温热的霞光，你的听觉会察觉远古的微响，你的内心像有一只毛茸茸的小松鼠越过，它纤细而奔跑的影子惊扰你思维的树叶久久还在曳动。你的手会不由自主地出汗，好像无意中拣到了天堂的房卡，你的足弓会轻轻地弹起，似乎想如赤脚的祖先一般迅跑在高原……

　　感动的来源是我们的感官，眼耳鼻舌身加上触觉和压觉。如果封闭了我们的感官，就戕杀了感动的根，当然也就看不到感动的芽和感动的果了。感官是一群懒惰的小精灵，同样的事物经历得多了，感官就麻痹松懈了。现代社会五光十色瞬息万变，感官更像被塞进太多脂肪的孩子，变得厌食和疲沓。如今人渐渐丧失了感动的能力，感动闪现的瞬间越来越短，感动扩散的涟漪越来越淡。

因为稀缺，感动变成了奢侈品。很多人无法享受感动力，于是他们反过来讥讽感动，诮笑感动，把感动和理性对立起来，将感动打入盲目和幼稚的泥沼之中。

感动是一种幸福。在物欲横流的尘垢中，顽强闪现着钻石的瑰彩。当我们为古树下的一株小草决不自惭形秽，而是昂首挺胸成长而感动的时刻，其实我们想到的是人的尊严。我上小学的时候，在一次考试中，得到了有生以来最差的分数。万念俱灰之时，我看到一只蜘蛛锲而不舍地在织补它残破的网。它已经失败了三次，一次是因为风，一次是因为比它的网要凶猛百倍的鸟，第三次是因为我恶作剧的手。蜘蛛把它的破坏者感动了，风改了道，鸟儿不再飞过，我把百无聊赖的手握成了拳。我知道自己可以如同它那样，用努力和坚韧弥补天灾人祸，重新纺出梦想。我也曾在藏北雪原仰望浩渺星空而泪流满面，一种博大的感动类似天毯，自九天而下裹挟全身。银河如此浩瀚，在我浅淡生命之前无数年代，它们就已存在，在我生命之后无数年代，它们也依然存在。那么，我的存在又有什么意义呢？在这个惶然的瞬间，我被存在而感动，决心要对得起这稍纵即逝的生命。

我喜欢常常感动的女人，不论那感动我们的起因，是一瓣花还是一滴水，是一个旋动的笑颜还是一缕苍老的白发，是一本举足轻重的证书还是片言只语的旧笺……引发感动的导火索，也许举不胜举，可以有形，也可以是无所不在的氛围和若隐若现的天籁。感动可以骑着任何颜色的羽毛，在清晨或是深夜，不打招呼地就进入了心灵的客厅，在那里和我们的灵魂倾谈。

　　珍惜我们的感动，就是珍惜了生命的零件。在感动中我们耳濡目染，不由自主地逼近那些曾经感动过我们的灵魂。也许有一天，我们也在无意间成了感动的小小源头，淙淙地流向了另一个渴望感动的双眸。